「私はオラトリア・ベルカム。教授だ。専門は『属性論』で、この『属性細論I』を担当する。」
オラトリア・ベルカム
魔法学院の教授。
「おい女、ハルトにくっつくな」
ライアス
ハルト
「キミこそ接近しすぎだろう」
イリスフィリア

それぞれの戦い

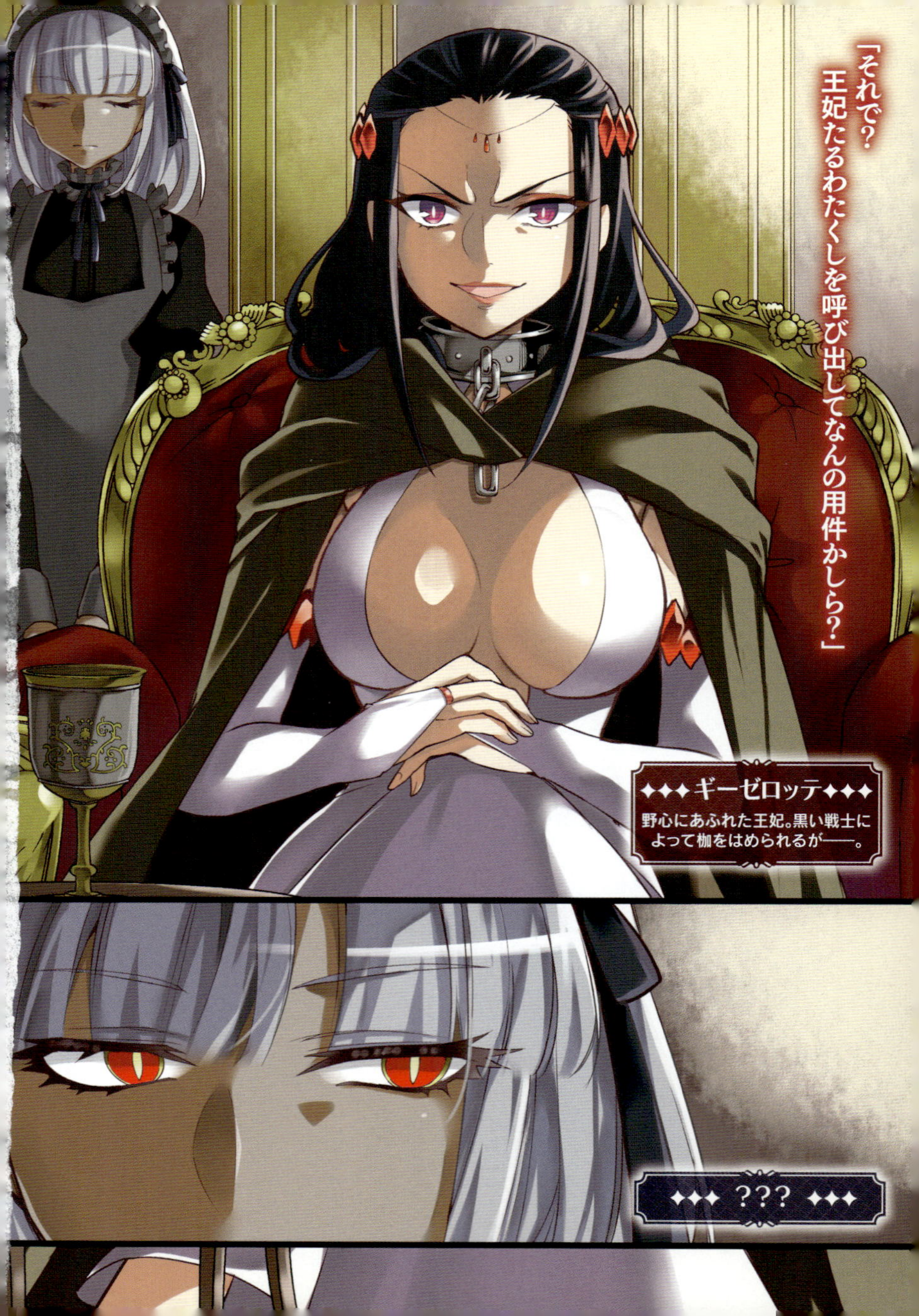
「それで？　王妃たるわたくしを呼び出してなんの用件かしら？」
◆◆◆ギーゼロッテ◆◆◆
野心にあふれた王妃。黒い戦士によって枷をはめられるが――。
◆◆◆ ??? ◆◆◆

実は俺、最強でした？

3

澄守彩

illust.高橋愛

CONTENTS

デザイン：AFTERGLOW　イラスト：高橋 愛

第一章　妹という生き物

異世界に転生した俺は悠々自適な引きこもり生活を目論む。

しかしなぜだか国王からの推薦で王都の魔法学院へ通うことに⁉

学校嫌いの俺はどうにかして合法的に学院を去るべく、『早期退学ミッション』を発動したのだが。

入学初日に上級生には絡まれるし、空気の読めない変な女に友だち認定されるし、終いには命を狙われて怪物と戦ったりと大忙し。

やはり学校はろくでもない場所でした。

こんなところにいられるか！　俺は引きこもらせてもらう！

というわけで、早期退学ミッション完遂へ向け気持ちを新たにしたのが前回のあらすじ。

さて、王立グランフェルト特級魔法学院（長い）では入学式後の新入生オリエンテーション期間が終わり、今日から授業が始まるわけですが――。

妹という生き物は、本当に兄の心が読めるんじゃないかと思う。

血のつながりだとかはむしろ薄いもので、それは兄妹《きょうだい》という概念――魂が結ばれたがゆえの必然である、と。

「かようなモノローグを用意しました。今日のよき日にお納めくださいませ、兄上さま」

目を覚ましたところに愛らしい女の子がいた。

金髪の長い髪はさらさらで、くりくりしたお目目がとてもキュートな我が妹――シャルロッテちゃんだ。

「寝起きに唐突すぎるがお前からの贈り物だ。ありがたく頂戴しよう」

でもいつ使えっちゅうねん。

とか思いつつ、起き上がってシャルの頭を撫《な》でてやる。嬉《うれ》しそう。

でも俺は気が重い。授業を受けるとか拷問にしか思えないよ。とほほ。

わざわざ分身を作って学校生活はそいつに任せようとしたものの、すったもんだあって一日交代に落ち着いてしまった。

そんでもって今日はたまたま本体《オリジナル》である俺の担当、となっているのだ。やんなっちゃう。

今いるのは安寧の地、辺境の湖畔に佇《たたず》むログハウスである。

俺が身支度を整えると、

「兄上さま、いってらっしゃいませ」

シャルはにこやかに微笑んで両手を広げた。

「ああ、行ってくるよ」

行きたくないけどね。

俺は妹に近づいてぎゅっとハグ。

シャルも俺の腰に両手を回してぎゅむーってする。

いってらっしゃいの儀式である。

この世界の一般的なあいさつなのかと思ったのだが、コレ、母さんとシャル以外でやってる人を見たことがない。二人も大勢の目があるとやらない。

たぶん深く考えちゃいけないやつだ。

シャルが満足するまでの五分少々の間この体勢を保ってのち、名残惜しそうな彼女の視線を背に受けながら、俺は『扉』をくぐった。

遠く離れた場所を結ぶ『どこまでもドア』で移動した先は、男子学生寮の俺の部屋。

「おはようございます、ハルト様」

ぐーすか寝ている俺そっくりのコピーの傍らに、赤髪で犬耳なメイドが直立していた。

「フレイ、なんでいるの？」

尋ねた瞬間、目にもとまらぬ速さで土下座する。またキレが増したな。

「彼女はリザに代わって学内で兄上さまのお世話をする役に志願したのです」

そしてシャルはなんで付いてきてるの？　別れのあいさつしたのにね。不思議。

むにゃむにゃ言ってるコピーを美少女フィギュアに戻して机に置く。

「お前もたいがい諦めが悪いな」

俺はなんだかんだで辺境伯の息子である。貴族ともなれば学内で従者の一人でも連れるのは嗜《たしな》みみたいなもの、らしい。

ただしその役は竜人娘のリザが担当していた。角とか尻尾とかは俺の結界魔法で見えなくできるから、魔族だと気づかれることはない、はず。

フレイでも『人』として従者にはできるんだけど……。

「お前、絶対何かやらかすだろ？」

「そんなことは……………ありません！」

めっちゃ間があったなあ。即答よりは信用できるが、しかし。

「校内を火の海にするわけにはいかない」

きっぱり言うと、フレイはがびーんってなった。四つん這《ば》いになって打ちひしがれている。

ちょっと可哀そうになってきた。

と、シャルが膝を折り、フレイの手をそっと取る。

「顔を上げてください、フレイ。あなたの兄上さまに対する忠義は、微塵《みじん》も疑っていないです」

なんか小芝居が始まったよ？

「ですがたとえば、先日コピーの兄上さまが悪漢に襲われました。もしあなたがその場にいたとし

て、どうしますか？」

「わかりきったこと。分身とはいえハルト様に仇《あだ》なす者だ。分身を庇《かば》い、然るのち速やかにその不《ふ》埒者《らちもの》の素っ首を刎《は》ね飛ばす」

「それ。それですよ。あなたは兄上さまへの想いが強すぎでやり過ぎてしまいかねません。コピーの兄上さまならその身を守るのもよいですけど、兄上さま自身はよりスマートに解決なさるでしょう」

「うむ。たしかに状況次第では不必要に体が反応してしまうな」

「ほぼほぼ問答無用で襲いかかりますよ？」

「俺もそう思う」

またもがびーんとなるフレイ。

「それにほら、リザは諜報業務《ちょうほうぎょうむ》が得意ではないですし」

「ふぅむ。たしかにあいつ、ハルト様が用意してくださった監視用魔法具の操作に不慣れだものな。『裏生徒会』なる秘密組織の実情を暴くうえで、日中単独で動かすには心許ない」

ああ、まだ在りもしない裏生徒会やらを探す遊びをやるつもりなのか。

シャルはアニメの影響からか、学校にはなんらかの学生集団が暗躍し、陰で学校の支配を目論んでいると考えている。

で、それを裏で操る巨大な悪の組織もいて、俺がそいつらをやっつけるために学院に通っていると信じきっているのだ。

早く退学を決めて『悪の組織は倒した！　これにて終了！』と終わりにしたい。

「てか、リザはどうした？」

寮の部屋には従者用の一室も併設されていて、そこで寝起きしているはずなのだけど？

実際、昨日はここへ置いてきた。

手続きの関係上、オリエンテーション期間は従者と認められてなかったので学内をうろつけなかったが、昨日申請が認められて許可証を受領したあとにね。

シャルはすっくと立ちあがり、「少々お待ちを」と駆け出した。『どこまでもドア』を潜って待つことしばらく。

「シャルロッテ様、今日はフレイが行くって言ったよね？　そこ、通らなきゃダメ？」

「いつものようにわたくしと一緒です。大丈夫ですよ」

ぐいぐいと青髪の少女を引っ張って現れる。

リザだ。

見た目はシャルと同年代の可愛らしい女の子だが、その正体は推定三百年を生きる巨大ドラゴンである。

雄々しい角と尻尾が（俺の結界魔法で）隠れているので、か弱い乙女にしか見えんけども。

リザは不安そうな顔で、扉をくぐる瞬間はぎゅっと目をつむっていた。

「お前も慣れんやつだな」

こいつ、理屈のわからない魔法とかが怖くて堪らないらしい。

俺のつぶやきにリザが申し訳なさそうに応じる。

「せめてどういう原理で遠距離の二点間をつないでいるのか、説明してほしい」

「だから謎時空で――」

「謎を謎のままにしないで⁉」

涙目で怯《おび》えられると何か悪いことをしている気がする。

「まあ、とにかくだ」

魔法の説明は諦めて話を戻す。

「お前、なんでログハウスにいたんだよ？」

わざわざ嫌な扉を潜ってまで戻らなくてもいいのに。

「いつ知らない人が訪ねてくるかわからないから、不安で寝るに寝れなくて……」

わかる。だから俺も隙あらばコピーを置いてログハウスに帰ってるし。

リザは三百年もの間、雪山に独りぼっちで籠っていた引きこもり界のレジェンド。知らない人だらけの学校は辛いよな。わかりみが深い。

真面目ちゃんだから誰か来れば従者として応じなければならないと考えたのだろう。なのに職場放棄したのは、『コピーならいいや』との思いからだろう。こいつもコピーの扱いが雑だよね。

「誰か来ても無視すればいい」

「えっ、いいの？」

「アポなしで訪ねてくる奴なんてろくなもんじゃない。そんな失礼な奴は無視していいのがこの世の習わしだ」

「そ、そうなんだ。勉強になった」

ほっと胸を撫でおろすリザの横で、目が泳ぎまくっている我が妹。そうね、君はいつも突然やってくるものね。

「ただし家族は除く」

ぱあっと表情を明るくするシャルロッテちゃん。可愛い。

しかし時間を取ってしまったな。

早く出ないと遅刻しちゃうぞ。

サボっての退学は俺の目指すところではない。素行不良が際立てば辺境伯である父さんや家族に迷惑がかかるからね。

しかし俺の魔法レベルは最底辺の2しかないのは周知の事実。

落ちこぼれたって『やっぱりね』と世間様は納得してくれる。そうなれば悪評を買うのは推薦した国王であって父さんではないのだ。

ゆえに、あくまで一生懸命な姿勢を見せつつ、実力がないと判定されなければならない。

てなわけで、そろそろ授業の準備をせねば。

「で、今日って何やるんだっけ？」

授業は基本的に選択制で、真面目に受けるつもりのない俺はシャルに丸投げして選ばせたので時間割もまったく知らなかった。

「兄上さま、こちらが授業の一覧です」

シャルに紙を手渡された。実は見るの初めてである。

「今日の一限目は共通授業です。クラスの顔合わせですね」

俺より詳しい我が妹。

学年ごとに、いちおう二十人程度をひとまとめにしたクラスが存在する。基礎教養とかそんな感じの授業はクラス単位で受けるのだ。

「俺は……Ｃクラス？」

響き的に中途半端な感じがする。

「はい。五つあるうちでど真ん中のクラスですね。兄上さまなら最上位のＡしかありえないですのに……。しかしご安心を。クラスは定期考査の結果で入れ替えますから、次でＡに上がるのは確実ですね」

なるほど。そういうシステムか。

俺は王の推薦を受け、入学試験を免除されている。

つまり実力のほどは教師陣に把握されていない（勝手に試験を敢行した女教授がいるけどその結果は明かされていないはず）。

だから『とりあえず真ん中にしとくか』でCクラスに入ったのだろう。

でも俺、たぶん最低クラスでも付いていけないと思う。

幼いシャルが英才教育を受け始めたとき、そろって同じ授業を受けさせられたことがあるのだが、一年もたずに挫折したからな。

実際、某ちびっ子メガネ教授が個人的にやった試験でも問題用紙に書いてある単語すらわからなかったし（あれはそもそもすげー難しかったという話もあるが）。

「それで、っと。次の授業は……『属性細論Ⅰ』？」

概論より難しい授業だ。ふつうは二、三年生で選択するものらしい。

「……マジか」

俺は授業一覧を隅から隅まで眺めた。

なんということでしょう。

一年次の共通授業を除けば、ほぼほぼ上級学年で受けるような難しい授業ばかり。

たとえエリートで鼻っ柱が強い高い連中であっても、自分の専門に限ってどうにかこうにか一個か二個を背伸びして取るような、高度な授業だらけだった。

実技系もヤバめなのが目白押し。

ふつうに考えたら地獄でしかない。

「ああ、そうだ。ふつうなら、な」

先にも述べたが、俺の学力は教師陣に知られていないはず。王の推薦という事実があるだけだ。そんな俺が高度な授業ばかりを選択すれば、期待は大いに膨らむだろう。

そこから落とす。

めっちゃ落とす。

『ぼく、本当は頭も魔法レベルも最低のクソザコだったんです。王様にはそう強く言ったんですけど……聞いてくれなくて……』

などと被害者を装えば（実際には嘘《うそ》を言ってないし）、期待はこれ以上ない落胆へと変わり、劣等生の称号が易々と手に入るって寸法よ。おそらく。

「やるじゃないか、シャル」

しかも、である。

授業は週七日のうち六日もある。週休二日でも苦痛なのに。

が、シャルは見事な『選択』により、週のど真ん中にぽっかり授業のない日を作っているではないか。

ちなみにこの世界も一週間は七日で、月曜日が第一、日曜日が第七曜日と呼ばれている。一般的に週休は第七の安息日のみとなっていた。

土曜日にあたる第六曜日は所属する教練室や研究室での授業なので、俺的には実質授業ナシ。つまりは週休三日である。

「わかってる。わかってるなあ、シャル」

妹とは、兄の心を読む生き物なのかもしれない。

まさかシャルが用意してくれたみたいなモノローグを、こんなに早く使う場面に出くわすとは。

いやそれ以上だな。俺の内心を汲《く》み取りまくりですよ。

シャルの頭を撫でてやる。

彼女は照れ照れとしつつ、

「兄上さまほどのお方なら、最高難度の授業でも足りぬほど」

ん?

「むろん授業時間も最低限に留めました。兄上さま本来のお仕事に差し障りがあってはなりませんから」

んん?

小さくどやぁな顔をするシャルを見て、思う。

妹という生き物は、べつに兄の心が読めるわけじゃない、と。

★

リザと一緒に寮を出た。

「おはよう。今日もよい天気だ」

玄関前に白髪ポニーの美少女が待ち構えていた。イリスフィリアことイリスだ。逆か。まあいいや。

入学前にひょんなことで知り合い、入学後に再会してからはやたらと付きまとわれ、あまつさえ友だち認定されてしまった男装の女子生徒。

「誰かと待ち合わせか？」

「キミを待っていた。状況からしてそれ以外にあり得ないと思うけど」

そうだな。お前、とんでもない美少女のくせに空気が読めない残念な子だからか、お友だちいないもんな。俺以外。俺も人のこと言えんけど。

と、イリスが俺の背後に目を向けた。

「そっちの子は？」

「従者？　のリザだ」

「どうして疑問形？　まあいい。ボクはハルトの友人でイリスだ。よろしく」

誇らしげに手を出してるがお前、自分の名前を省略して自己紹介するなよ。

リザが困ったように俺を一度見た。うなずくと、遠慮がちに握手する。

「よろしく」

途端、イリスの顔が強張った。

「……そうか。まあハルトの従者なら、それもあり得るな」

何やら意味深なことを言いつつ手を放す。

「ところでハルト、キミはどのクラスなんだ？」

「C」

イリスの表情が曇る。

「君ほどの実力者が？　不思議だね。そして残念だ。ボクはAだから一緒じゃない」

「ん？　Aって成績最上位のクラスだよな？　お前って筆記はトップでも全体成績はギリギリだったんじゃ？」

こいつは残念なことに、この若さで現在魔法レベルが5で止まっている。『レベルが閉じた』と表現される現象で、この国の王様もそうなんだとか。

「うん。ボクも不可解だった。訊《き》いてみたら、クラス分けは筆記の成績が優先されるらしい。それに実技の成績が悪いと言っても、限定的には認められていたようだ」

よくわからんが、こいつはストップした魔法レベルが上がりさえすればなんかすごいんだろう。期待値込み、とか某ちびっ子メガネ教授は言っていたしな。

とりあえずクラスは違えど建物は一緒らしいので案内をイリスに任せ、小走りで教室へ向かう道すがら。

リザが小声で尋ねてきた。

「彼女は、何者?」

「さっき自己紹介したろ?　というか、お前は一度見てるよな?」

入学前に王都の外で魔物に襲われていた乗合馬車にイリスもいた。遠目にだがリザも見ていたのだ。

「そういやリザ、そんときも『なんか変』とか言ってたよな」

「うん。あのときは遠くからでうまく言葉にできなかったんだけど……」

リザは前を行くイリスを睨《にら》みつけるように言った。

「あれは、人間なの?」

青い瞳がどこか妖しく光る。

「……魔族とでも?」

リザが眉を八の字にした。

「外見上、魔族の要素は見当たらない。でも魔力の質が何かこう……違和感がある」

服で見えないところに文様でもあるのだろうか？

でもあいつ、一度は他人に肌をさらそうとしたんだよな。躊躇《ためら》っていたのは女の子だから当然として、魔族なら絶対にやろうとはしないだろう。

でもま、ぶっちゃけイリスが魔族かどうか、わりとどうでもいい。

「気にしないでいい」

「うん、彼女が何者だろうと、ハルト様には敵わないもの」

そういう意味じゃ、ないんだけどな。

話すうち、イリスは自分の教室にたどり着いた。中をちらっと覗《のぞ》くと目つきの悪い、ラガーマンみたいなゴツイのがいる。見つかる前に離脱して、廊下の先にある教室へ。

ただ従者は教室に入れないことがわかった。

リザには申し訳ないが、そこらで時間をつぶしてもらおう。知らない人だらけのところで一人にしてごめんね。


――さて。

教室は階段状になっていて、教卓が一番底だ。三人が並んで座れそうな長机が三列、五段になっていた。

俺は最上段の扉近くにちょこんと座る。

担任は冴《さ》えないおっさんだった。

クラスメイトもどこか俺を遠巻きに見ているようで、完全ぼっち状態。

みんな腫物に触るというか、蜂の巣をつっつかないよう怯えている感じだ。

まあ、いろいろ噂《うわさ》があるものね。

特に貴公子パイセンことシュナイダル・ハーフェンが心を壊してしまった件では、俺が関与しているのではとの疑惑が持ち上がっている。学内でまたも呼び出しを食らったときは、知らぬ存ぜぬを通して今のところどうにかなってるけど。

実際にやったのは俺ですけどね！

「お、おお俺はハハハハルト・ゼンフィスって言いますすす」

無難に自己紹介を終える。

みんなの話はまったく聞いてなかった。俺はすぐこのクラスから落とされる予定だから、仲良くなっても意味ないしな。それ以前に仲良くしてもらえるかどうか……哀しみ。

「自己紹介が終わったところで授業を始めましょう」

冴えない担任が紙を配り始めた。

「君たちは成績が中位であるとの自覚はありますね？　今後上へ行けるか、それとも下へ落ちるか。それは入試から今までの過ごし方で概ね判断できます」

ん？　これってもしかして。

「入試以降、君たちは何をしてきましたか？　合格で気が緩み、怠惰に過ごしていたのなら、すぐにでも下に落ちるでしょう。入学後最初の授業では、今の君たちの実力を測らせてもらいます」

あのおっさん、人畜無害そうな顔をしてえげつないことをする。

これっていわゆる抜き打ちテストだ。

だが俺には願ってもないビッグチャンス。

この試験が振るわなければ、簡単に落ちこぼれ認定してもらえるのだ。

遠くにいた生徒が恐る恐るといった風に試験用紙を渡してきた。そう怖がらなくてもいいんだよ？　もうすぐお別れだからね。

「では、始めてください」

合図とともに、俺はワクワクしながら試験問題を眺めた。

…………あれ？

もう一度、よく読み直す。

うん。おかしいな。コレ、めちゃくちゃ簡単じゃない？

幼いシャルが英才教育を始めて最初の半年で学んでいた範囲だ。それよりちょろっと難しげなのもあるが、概ね俺でも鼻くそほじって解答できる。

入学直前にティア教授が個人的に実施したテストでは、問題文の単語からしてわからなかったんだけどな。まあ、アレは宮廷魔法師がどうたらとかいう超々難問だったそうだが。

とはいえ。

「なるほど、読めたぞ」

さっきは脅かしていたがあの冴えない担任、実は簡単な基礎問題でみんなを安心させる腹積もりか。

褒めて伸ばす。

そういう教育方針なのだろう。

となると、どう対応するか難しいところだ。

いくらなんでもここまで簡単な問題を間違えまくったら、わざとだと疑われる。

これでも辺境伯の息子だからな。ちょっとした教育は受けていて当然。実際には妹にも付いていけなかったけどね。

というわけで、この学校の最低レベルギリギリのラインを見極める必要がある。

……だいたい六割かな?　正答率の話だ。

それくらいなら『わざとじゃないだろうけどこの学校ではちょっと……』くらいのレベルとみなされる、ような気がしないでもない。

とりま、それでいこう。

ふむふむ。魔法の威力計算もあるな。式を立てるのは簡単だから、計算でうっかりミスをして得点を抑えるのがベター。

ほうほう。属性の複数組み合わせか。相克とかややこしいと思わせつつ、実はパターンが決まってるからこれも楽勝。しかしこちらもうっかりミスで減点をいただける。

すらすら解く。要所要所で間違えながらね。

ペンを置き、じっくり見直しも完了。うん、完璧だ。

「では、解答用紙を集めてください」

俺は軽い足取りで遠くにいた誰かに紙を渡す。

やがて解答用紙がすべて集まり、担任は一枚一枚さらさらっと確認していった。

ひと通り見終えてから、教室をぐるりと見渡して。

「皆さん、不安そうな顔をしていますね。すこし脅かし過ぎたでしょうか」

なんだよみんな、簡単すぎて逆に不安になったの？

「結果は……芳しくありませんね。空欄が目立ちます。埋めてあっても苦し紛れがありありと伝わってきますよ」

担任は意地悪な笑みを浮かべてのち、真顔になって続けた。

「今回の試験は、Ｂクラスでも苦戦するでしょう。平均五割いくかどうか、といったところでしょうか。しかしＡクラスならば、平均で八割は見込める内容です。その意味するところはわかりますね？」

……うん？　さっぱりわかりませんけども。

いやいやいや、あれ？　俺のだけ超簡単だったとか？

「クラス間の実力差は上にいくほど大きくなるのです。ライアス王子をはじめ幼少から研鑽《けんさん》していた彼らは、君たちが思っている以上に秀でています。Ａクラスを目指すなら、生半可な努力では足りませんよ？」

ニヒルな笑みを作る冴えないおっさん。

「そんな中、六割ほど正答している方がいます。うっかりミスが散見されますが、九割がたは理解しているとわかりますね。実力は今すぐＡクラスへ行っても問題ないレベルですよ、これは」

担任が目をキラキラさせる。

そのキラキラアイを、どうして俺に向けてるんですかね？

「ハルト・ゼンフィス君、素晴らしい！　やはり国王陛下が推薦するだけのことはあります。ただ見直しはもう少し丁寧に行ったほうがいいですね」

にっこり笑顔が意外と可愛いおじさま。

「やっぱすごい人だったんだな」

「同じクラスなのが信じられないぜ」

「でもすぐ上へ行っちゃうのよね」

「もっと一緒にいたかったな」

方々から上がる、大いなる誤解の声。

ここってエリート校だよな？　真ん中レベルとはいえ、みんなその程度なの？

いや違う。

そうか、そういうことか。

ここにいる連中のレベルが低いのではない。

きっと幼いころにこのレベルを易々突破していた、我が妹が優秀過ぎるのだ。

シャル、お前どんだけ……。

「ハルト・ゼンフィス君は、次の考査でBクラス……いえAにまで上がれるよう、私からも推薦しておきましょう。もちろん日々の努力を怠らないようにね」

我が妹が優秀過ぎるゆえ、入学後、初っ端の授業で。


俺は高い評価を受けてしまうのでした――。

★

まだ慌てる時間じゃあない。

初っ端から早期退学ミッションは暗礁に乗り上げてしまった感じがしなくもないが、挽回《ばんかい》（？）

はできるはず、と思いたい。

次が実技なら『やっぱ魔法レベル2のカスやんけ』と憐《あわれ》みの視線を集められるんだけどな。残念ながら講義である。しかし上級学年で受けるような難しい講義だ。

ここは気持ちを切り替え、指定された教室へ。ところでリザはどこ行った？

ちょっと迷って教室に入る。さっきと同じ階段状の小教室だ。

ざっと見て半数ほどの席が埋まっていて、みんなが一斉にこっちを見た。見ないで。

一人と目が合う。男子生徒だ。俺はすぐに逸らした。

今度は女と目が合う。こちらも逸らした。

しかし今しがた目が合った二人――体格のいい男とパンツルックの女がやってきて、俺は両脇をつかまれて連行されてしまう。ライアスとイリスだ。

階段下、教卓の目の前、ど真ん中に押しこめられた。

「暑苦しいな」

「おい女、ハルトにくっつくな」

「キミこそ接近しすぎだろう」

お前らまずは我が身を省みろよ。

俺は一番後ろの席でこっそりアニメを見たいんだけどな。こんなに教師の近くだと、瞬きしないのを不審がられてしまう。

教室の前のドアが開いた。

「時間だ。そろっているな？」

凛《りん》とした声音は女性のもの。

黒いローブを羽織った女教師だ。

長く薄い金髪をなびかせて、颯爽《さっそう》と教卓の横に立つ。歳はよくわからんが見た目は若い美人さん。しかし片眼鏡の奥にある目元はキツかった。

「私はオラトリア・ベルカム。教授だ。専門は『属性論』で、この『属性細論Ⅰ』を担当する。私をどう呼ぼうと構わないし、へりくだる必要もない。教師と生徒以前に、地位や家柄は関係なく、あくまでフラットだと認識していい」

話しぶりは尊大だがフレンドリーないい先生みたいだな。と思ったのも束の間。

「この授業を選択した貴様らに、概論レベルの話をする気はない。付いてこられないなら都度言うように。すぐさま叩《たた》き出してやる。特に――」

女教師――ベルカム教授は手にした名簿らしきを眺めたのち、俺とその両サイドを見た。

「一年生で受講している三名。貴様らだ。よほど自信があるようだが、質問に窮するようなら直ちに退席させるから覚悟しておけ」

いきなり脅しから入るとか。

でも早期退学を目論む俺には好都合。あわよくば開始数分で教室から叩き出されるかもね。

ところで、どうして俺だけを睨んでるんですかね？

「ハルト・ゼンフィス……あのクソちびメガネの研究室に所属しているそうだな。貴様は特に念入りに指導してやる」

なるほど納得。

俺が所属する研究室のティア教授って、教師連中から嫌われてるらしいからな。月のない夜は出歩かないほうがよろしくてよ？

てかそれならイリスもそうじゃんよ。なんで俺だけ……。

ベルカム教授は教科書片手に黒板にカッカツ何やら書き始めた。

「今日は属性の組み合わせとその効果について詳しく話す。相克なんぞの基本は語らない。『主属性』と『副属性』の絡みだな。イリスフィリア、貴様の主属性はなんだ？」

「【混沌《こんとん》】だ」

「ふむ。そういえば貴様、『規格外属性《エクストラ》』だったか。かの閃光姫《せんこうき》でさえ六属性止まりだというのにな。が、魔法レベルが一桁で頭打ちとは。実にもったいない」

イリスが唇を噛《か》みしめる。

主属性ってのは『ミージャの水晶』に表示される属性の中で、先頭に表れるものだ。自身がもっとも得意とする属性らしい。

以降は副属性と呼ばれ、主属性に迫る効果を発揮するものもあれば、たんに『使える』程度のものもある。後ろに表れるほど不得手となるが、属性そのものを持たなければそれ系統の魔法は絶対使えないからあるだけマシと言えた。

「主属性を含め、属性の得手不得手を数値化するのは難しい。私の研究室では『三重属性《トリプル》』までを計測する方法を確立している。『属性比率』と呼ばれるものだ。が、【光】や【闇】、特に【混沌】を主属性に持つ者はサンプルが少なくてな。難航している」

　属性の数値化ってアレか。

　主属性を１００としたとき、副属性がそれに比してどのくらい『操れるか』を示すやつ。

　たしかフレイは【火】が主属性で、それを１００としたとき【闇】が60、【風】が45、【混沌】が22とかだったっけ。魔族って【混沌】持ちが多いんだよな。

「まずは簡単なところから。『二重属性《ダブル》』を考える。【火】を主属性とし、相性のよい【風】を副属性としたとき――」

　黒板にカツカツカツカツーっと軽快に数式を書きこむ。

　もう眠たくなってきた。俺はまぶたが下がるのを結界で押さえて耐える。辛い。

　ときおり教授や生徒が互いに質問を飛ばしつつ、授業は進んでいく。

　みんなちゃんと答えてるな。言い淀《よど》んだりはあるが、解答が間違っていても考え方がよければベルカム教授は叱ったりしなかった。

「――ここまではいいな？　このように概ね計算によって属性比率は正確な値が求められる。だが何事にも例外がある」

ノートに写すのが追いつかないペースで板書するベルカム教授。俺はすでに諦めている。というか録画用の結界で余すところなく記録中だ。絶対に後で見返さない自信はあるけど、シャルが興味あるっぽかったので持って帰って見せるためにね。

「この被験者では、特定の魔法を使った場合に限って数値が崩れる。たとえば火属性の筋力強化を行った場合に【火】の属性比率が上昇していたのだ。それはなぜか？　ライアス・オルテアス、推測してみろ」

指名されたライアスが立ち上がる。

眉間にしわを寄せ、数秒考えてから告げた。

「習熟度合いっすかね？　筋力強化はよく使う魔法ですし、何度も使ってこなれてきたんじゃないっすか？」

「アプローチとしては、捻りはないが悪くもない。が、その推測は否定されている」

ベルカム教授はまたも高速板書で解説する。

やばい。マジで寝そうだ。

なにせ俺にとってはわかりきったことだからなあ。だって見えるもの。

「隠し属性だろ……」

寝惚《ねぼ》けて思わず口に出た。

黒板を叩く音がぴたりと止む。

「ハルト・ゼンフィス、貴様は今、なんと言った？」

ぎろりと睨まれた。

マズいな。さすがに突飛すぎたか。

とはいえ、俺も思いつきをテキトウぶっこいたのではない。

かつて『ミージャの水晶』を自作したとき、魔法レベルが三桁表示したのに加え、属性の表示もおかしくなったのだ。

主属性や副属性の一部に、妙な単語がつながって表示されていた。

たとえばフレイは、

【火】―【爆散】／【高位強化】
【闇】―
【風】―【加速】
【混沌】―【強化】

てな具合だ。

この既知の属性にぶら下がって表示されているのを、俺は『隠し属性』と呼んでいた。何も表示されていないのは隠し属性がないものだ。

父さんの【土】には【堅牢《けんろう》】と【操作】があるので、防御はめっちゃ堅くなり、土系統魔法の操作が滑らかになったりする。

でもこれは常識じゃない。

そこらの『ミージャの水晶』では観測できず、ゆえに俺以外には見えないものだからだ。

このことはシャルたち仲間内にしか話していない。

だから漏れてはいないはず。

シャルはこの手の話になると食いついてきて、メモを手に質問攻めしてきていた。趣味なのかいろいろまとめてはいたけど、口外はしないよな。たぶん。

そもそもこれ、信じていいものか疑わしい。

実証実験的には正しいが、もともと魔法レベルの桁表示を上げようと試行錯誤していたときの副産物だからな。狙ってできた機能じゃないし。

「答えろ！」

わかりません、だと不自然だよな。

仕方がない。間違ってる可能性もあるし、さらっと答えておくか。

「属性にぶら下がる隠し属性みたいなのがある、と思います。たとえば【火】に【強化】とかいう隠し属性が付いてたら、自己強化系の魔法効果が上がる、とか？」

ベルカム教授はくわっと目を見開いた。怖いよ。

チョークと教科書をその場に落とし、靴を高らかに鳴らして俺に迫ってきて——がっと肩をつかまれた。だから怖いですよ、顔が。

そして怒りをぶつけるように吐き出した。


「なぜ、貴様がそれを知っている？　『ヴァイス・オウル』の最新研究だぞ！」


は？　ヴァイス……なんて？

「数年前から不定期に、研究論文を魔法学会に送りつけてくる正体不明の人物だ。その研究内容は最先端どころか数世代先を行く。隠し属性……論文では『補助属性』と命名されていたが、貴様が今言ったように属性を補完・補強し得る、あるいは効果を弱める〝見えない属性〟の可能性を示唆していた」

あー、マイナス効果の隠し属性もそういやあったな。

「半年前に送られてきた補助属性の論文はいまだ検証中だ。今のところ否定する結果は出ていないが、事を慎重に進めている関係上、王族にすら報告していない。それを、貴様は！」

がっくんがっくん揺さぶられる。

「その見識、驚愕《きょうがく》に値する！　まさかこれほどの逸材だったとはな。あのクソちびメガネめ、先んじて目を付けていたのか。おのれ！」

感動したり怒ったり忙しい人だな。

「どうだ、ハルト・ゼンフィス。古代魔法なんてクソの役にも立たん研究はやめて、私のところへ来ないか？」

大興奮の先生から俺を守るように、イリスが割りこむ。

「ベルカム教授、授業中に勧誘するのはマナー以前の問題だと思う」

「イリスフィリア、貴様も同じだったか。なら貴様も一緒に来い」

「ボクはティア教授の研究に可能性を感じている。移る気はない」

押し問答的なやり取りがしばらく続き、ようやく俺の肩から手が離れた。

ベルカム教授はクールビューティ然とした雰囲気を取り払い、にやりと言う。

「もしかして、貴様がヴァイス・オウル本人だったりしてな。ははは、いやまあ、冗談だが」

「ははは、そんなわけないですよ」

うん、それは本当。俺じゃない。

にしても、『白い・梟《ヴァイス・オウル》』か。

この『カッコよさそう』というだけでドイツ語と英語を組み合わせた名前が誰だか、俺も気になるなー（棒）。

☆

ハルトと別れたリザは、所在なくうろついていた。

寮の自室に戻ってよいと言われもしたが、職務を放棄するようで躊躇われる。

かといって見知らぬ者とのコミュニケーションは極めて苦痛だ。彼女は三百年もの間、雪山に引きこもっていた極度の人見知りなので。

「どうしよう……」

建物から出て、とぼとぼ歩いていると。

『リザ、今周囲に誰かいますか？』

「ひゃわっ!?」

突然耳元で声がして、リザは飛び上がらんほどに驚いた。きょろきょろ辺りを見回すが誰もいない。

「あ、これ、シャルロッテ様？」

『そうです。あなたの心に直接呼びかけているのではなく、兄上さまの通信魔法です』

「ふつう通信魔法は大規模な術式が必要で、これは絶対に違うと思う……」

リザは三百年を生きる古竜である。

ほとんどの時間を一人で過ごしてきたので精神は未熟ながら、知識は豊富だ。古代魔法の片鱗《へんりん》も実体験している。

かつて隆盛を極めた古代魔法には、遠方と音や映像をやり取りする秘術があった。

しかし耳にちょろっと施す程度の魔法ではなかったはずだ。

(でも、もっと昔はこれくらい簡略化した魔法もあったのかな……?)

さすがの彼女も神話時代の魔法は知らなかった。

『ひとまず誰もいないのであればわたくしの姿を映してください。やり方は――』

事前に説明は受けているがリザは聞き逃すまいと耳を傾ける。

操作方法は問題ないものの、おっかなびっくりでは手元が覚束なかった。

どうにかこうにか耳たぶをぽちぽちすると、目の前に薄い板状の物体が現れて、シャルロッテの顔が映し出された。

付近に人の気配はない。

しかし『この魔法は秘匿すべし』とハルトに言いつけられている。

リザは小躯《しょうく》をふわりと浮かせ、大聖堂じみた中央校舎の遥《はる》か上空まで移動した。ここなら誰にも話を聞かれない。

『兄上さまは授業中ですか?』

「うん。わたしは教室には入れないから、待機を命じられた」

『兄上さまはお昼まで授業がありますけど、それまでリザは自由に動けるはずです』

「何か、やることある？」

『はい。あなたには、学院内部で裏生徒会の情報を集めていただきます』

ごくりとリザは喉を鳴らす。

教室に入れないのは想定外だったが、おそらくシャルロッテは見越していたのだろう。であれば、その時間を何に使うかはわかりきっていた。

ただ指示がなければ勝手はできない。

それも今、解消される。

「でも、何から手を付ければいいかな？」

できれば聞き込みといった対話ベースの仕事は遠慮したい。

『陰で暗躍する秘密組織です。一般生徒からの情報収集は難しいでしょう。であれば――』

「待って」

鳥肌が立った。

下から魔法行使の反応。

ものすごいスピードでリザの真下に到達した何者かが、二百メートル上空に浮かぶリザを目掛け飛び上がった。

詠唱は省略。

魔力をフル回転させて迎撃態勢を整える。もたつきながらもシャルロッテが映る画面を消した。

何者かは高速でリザのすぐ目の前を――。

「おおっ！　やはり飛翔《ひしょう》魔法か。しかもなんと愛らしいメイドではないかあぁぁ……」

などと絶叫しながらずぎゅーんと通過した。メガネをかけた、見た目はお子様な女性だ。

やがて同じルートで落ちてくる。

「まずは名乗ろう。ワタシはこの学院で古代魔法を研究しているティアリエッタ・ルセイャァァ……」

名前の途中で通り過ぎてしまった。

「どうしよう？」

尋ねる意図はなかったが、シャルロッテの声が返ってくる。

『兄上さまが所属する研究室の教授ですね。教師ならば不穏な動きにも敏感でしょう。接触して情報を得るのもよいですね』

「だったら、ハルト様が直接訊くんじゃないかな？」

『兄上さまは安直な手を打たなくとも仔細《しさい》に情報を得ているでしょう。歯がゆいですけど我らは正攻法を貫くしかないです。彼女から情報を得て、然るのちできる範囲で悪に与する者たちに迫りましょう。ええ、兄上さまは数十歩先を行かれるのですから、もたもたしてはいられないです』

なるほど、とリザはうなずく。

「じゃあ、接触する」

本当はすごく嫌だが、シャルロッテの期待を裏切れない思いが勝った。

自身が魔族であると知られてはいけない。リザは注意を払い、地面に降り立った。

見た目幼い少女は、四つん這いになって肩で息をしている。

「……あの、大丈夫？」

「いや、すまない。自己強化なんて慣れてなくてね。加減を間違えて立ちくらみが……」

しばらくぜーはーしていたティアリエッタは、「復活！」と叫んで立ち上がった。

「さてキミにはいろいろ訊きたいことがある。なに、ちょっとした興味本位さ。迷惑はかけない。ただ時間は取るだろうね。そこで立ち話もなんだし、ワタシの研究室に来ないか？」

まくし立てられる中で考える。

どうやら彼女は自分に興味があるらしい。だが自分の素性を話すのには限界がある。時間に余裕はあるが相手の拠点に入るのは危険だろう。しかし情報を得るには多少の危険は覚悟の上。

もし、魔族であると知られたら、そのときは――。

「お茶とお菓子は用意するよ」

「わかった」

お菓子に釣られたのではない。けっして。

広い敷地内を連れられて、ようやくたどり着いたのは二階建ての古い館だ。中央校舎からは距離がある。

二階の部屋に通された。ソファーとテーブルが雑然と置かれた会議スペースのようだ。

リザは促されるままソファーに座った。見えなくなっているが尻尾があるため、深くは腰かけられない。

「なるほど。ハルト君の従者か。しかし彼も大概愉快な男だねえ。ランクB、いやあれほど完璧な飛翔魔法ならランクA相当の使い手とみるべきか。そんなのをメイドにしているとはね」

ティアリエッタはお茶を淹《い》れつつほとんど一方的に話しかけてくる。

リザは名前と『ハルトの従者』としか言っていなかった。

「しかしキミほどの使い手がまったくの無名というのも不思議なものだね」

「……わたしは、帝国領から流れてきた」

「ああ、それでか。魔王亡きあと、あちらさんはガチで王国への侵攻を狙っているからね。キミも微妙な立場ということか」

嘘は言っていない。また公言できない話をすることで、これ以上の詮索はするなという牽制《けんせい》にもなる。

「けれど不思議だね。帝国でも騎士団長クラスの使い手なら、こちらにも情報は流れてくる。それ以上の実力がありそうなのに、『リザ』という名の少女の話はとんと聞かない。なぜだろうね？」

しかしティアリエッタはお構いなしでぐいぐい迫ってくる。

（やりにくい……）

相手に合わせようとすればボロが出るのは明らかだ。

リザは多少強引と思いながらも、こちらのペースに引きこもうとした。

「あなたに、訊きたいことがある」

「うん、情報はギブアンドテイクが基本だ。ワタシが与えられる情報は、キミの正体を解き明かすほどのものであればよいのだけど」

小さなメガネの奥をキラリと光らせた彼女に、リザは――。

「帰る」

「ちょ、待った待った待った！　べつにキミが魔族だからって誰にも話したりしないさ。ワタシはただ――」

「えっ？」

腰を浮かせかけたリザが硬直する。

「どうして……？」

「ふむ。ちょっとカマをかけてみたのだけれど、その反応からすると当たったようだね。キミの背中側のソファーが、不自然にへこんでいる。おそらく尻尾のようなものがあるのだろうと推測したのさ」

振り向くと、たしかに見えない尻尾がソファーの背もたれを押しつけて、妙なへこみができていた。

「幻影魔法ではないね。『体の一部を常時透明化する』なんて理論上あり得ない。それにキミ、さっき空に浮いていたとき誰かと会話していたろう？　もしかして通信魔法じゃないのかい？　人には操れないとされる魔法だ。でもキミが魔族ならそれも――って、あれ？」

リザは震えが止まらなかった。

「なんだか寒くないかな？」

そう尋ねるティアリエッタの息は白くなっている。

「あなたは、勘がよすぎた」

冷気が室内を満たす。ドアと窓が完全に氷に閉ざされた。


「だから殺す」


もろもろ面倒になるのは承知の上。しかし今やるべきは、自身の正体を知った人物の排除以外、思いつかなかった。

「おやおや？　これちょっとワタシの手には負えない感じだぞ？　落ち着こう。そして話し合おうじゃないか。ワタシたちはきっとわかり合える！」

「却下」

「ひぃ⁉」

淹れたての紅茶はすでに凍った。

ティアリエッタは自己強化と防護魔法でどうにか抗っていたが、限界はすぐそこに迫っていた。

「ワタシもたいがい、この性格と口が災いして身を亡ぼすとは思っていたけどね！　にしても急じゃないかな？」

「もう黙れ」

「お助けえ！」

いつもは唾を吐いて憚《はばか》らない彼女が、初めて神に救いを求めたそのときだ。


『ストップ！　ストップですよリザ。もしくはステイ！』


リザの耳をつんざくような叫びが響いた。シャルロッテが止めに入ったのだ。

「ごめん、わたしが迂闊《うかつ》だった」

『いいえ、リザの責任ではありません。わたくしこそうっかりでした。兄上さまの実力を早くから察知し、ご自身の研究室に迎えたお方です。すばらしい洞察力をお持ちですね』

「とにかく、彼女は生かしておけない」

『いえですから、公言されなければよいのです。そこまでする必要はありませんよ？』

「じゃあ、目と耳と口を壊して、四肢を氷漬けに――」

『だから！　殺伐方面へ突き進むのはやめましょう。ここはわたくしにお任せを』

シャルロッテはごにょごにょ指示する。

「さっきから恐ろしげな会話をしているようだけど、もしかしてそれ、通信魔法かな？」

ガタガタ震えながらも目を輝かせているティアリエッタの目の前に。

『お初にお目にかかります、ティアリエッタ・ルセイヤンネル教授』

ぴこんと通信用結界の画面が現れた。

そこには白い仮面をかぶった人物の、首から上が映っている。声は男か女か知れないような曖昧さだが、なんとなく少女のように感じた。

「おおっ！　声のみならず姿まで！　通信魔法だよね？　すごい！　どうやったのかな？　知りたい！」

『わたくしは……そうですね、〝ヴァイス・オウル〟と』

命の危険も忘れて大はしゃぎである。

「ふははは！　噂の天才研究者か！　なるほど納得だ。キミに訊きたいことは千を超えるぞやったーっ！」

ティアリエッタは寒さも忘れて小躍りする。

『あいにくですけど多くを語るわけにはまいりません。では、あなたの命をつなぐための話し合いをいたしましょう』

「ぁ、うん……ソウダネ……」

現実に引き戻されたティアリエッタは、捨てられた子猫のようにぷるぷる震えるのだった──。

☆

この寒さ、なんとかならんかなあと自らを抱くティアリエッタ。凍ってしまう前に話を終わらせたかった。

「で、ワタシは何をすれば生存できるのかな？」

『我らは仲間を尊びます。そこで提案なのですけど、あなたが〝ヴァイス・オウル〟に参加──」

「する」

『早っ』

白仮面──シャルロッテの驚きの声に、ティアリエッタは知らず笑みが零れた。

「なるほど、『ヴァイス・オウル』とは個人ではなく、研究者集団を表わすものだったか。うん、実に魅力的だ。ぶっちゃけ今すぐ仕事をほっぽってキミたちの拠点に移りたいところだよ」

『話が早くて助かりますけど、あなたにはまだ学院《そちら》で活動してもらわなければ困ります』

「ふむ。リザ君が欲しい『情報』とやらに関係するのかい？」

『はい。ただそれをお尋ねする前に言っておきますと、正式参加には条件があります』

「ま、当然だね。守秘義務はもちろん、当面はキミたちの正体を詮索しない、というところか」

『信頼に値する人物かどうか、しばらくは確かめさせていただきます』

「残念ながら、ワタシは〝信頼〟に値する人間ではないよ。その点は自覚している。ただ〝信用〟はしてもらっていい」

きょとんとするシャルロッテに、リザが補足する。

「彼女を人間的に信じるのは危険。けれど利害が一致すれば裏切りはない、と彼女は主張している」

「そのとおり。魔族を擁するキミたちの内情を暴露したところでワタシにメリットは何もない。いくばくかの賞金は出るだろうけど、金には興味なくてね。ああ、いや、研究費の足しになるなら歓迎しなくもないかなあ？」

ぎろりとリザに睨まれ、慌てて言葉を切り替える。

「むしろデメリットしかないね！」

『と、言いますと？』

「魔族は特殊な魔法を操る者がいる。人では不可能な、ね。リザ君がそうかは別にしても、捕縛されるような事態は絶対に回避すべきだ。殺されてしまったら大変だからね。魔族は人と相容れないかもしれないけれど、『生かすべき』がワタシの持論だよ」

『ルセイヤンネル教授はいい人なのですね』

「……認識の齟齬《そご》はのちの確執を生むから今のうちに正しておこう。ワタシは非情な人間だよ。魔族を生かすべきとの考えは、彼ら特有の魔法を研究したいがためさ。古代魔法とのつながりが強いからね」

魔族社会では『記録に残す』意識が希薄だ。

多様な種族は互いに疎遠であるのが基本で、伝承すべきことは同族内の口伝に頼る傾向が強かった。長命かつ強者になればなるほど個人主義が色濃い事情も背景にある。

従って彼らと敵対している人側で、魔族特有の魔法研究は困難を極めていた。

『うーん……、ごめんなさい、ちょっとよくわからないです。虐げられている魔族のみなさんに友好的との意味では、やっぱりいい人なのでは?』

どうにも白仮面は考え方が幼いな、とティアリエッタは感じた。

「ワタシは他者と友好的であろうとは思っていないよ。必要なら表面上は取り繕うだろうけれど、得意ではないね。生死に関して言えば、たとえば誰かの死体を見つけたとしても、親兄弟だろうが見知らぬ他人だろうが等しく『ああ、もったいないな』くらいの感想しか湧かない」

『もったいない、ですか?』

「『死』から得られる情報なんて高が知れている。人にしろ魔族にしろ魔物にしろ、生きて何かを為すから価値があるのさ。死んでしまっては研究のしようがない」

『魔族のみなさんを、研究対象としか見なしていない、と？』

「ちょっと違うかな。世の生きとし生けるものはすべてワタシにとって研究対象だ。ワタシ自身も含めてね」

『やっぱり、よくわかりません……』

シャルロッテは小首をかしげる。

リザがまたも補足する。

「彼女の考えは、魔族のそれに近い。わたしたちは自己の益を最優先にする。だから必要なら他者の命を奪うのを躊躇わない」

「ワタシは殺害を是とはしないけれど、まあ、概ねそうだね。そして『自己の生存』が最優先事項だ。ゆえに『誰かのためにこの身を捧《ささ》げる』なんて絶対にしない」

「わたしたちは同胞や主を最上位に置くこともある。今のわたしがそう。あなたとは相容れない」

「べつに理解できないわけじゃないさ。ワタシはそうしないってだけだよ」

冷徹な睨みを飄々《ひょうひょう》と受け流すティアリエッタ。

二人のやり取りを眺めてなお、シャルロッテは頭を悩ませていた。

「キミは理解できなくてもいいさ。今どき珍しい純真さと清廉さだ。その無垢《むく》なる心は研究者に必要な要素だからね。ワタシとは対極ではあるけれど、うん、それでいい」

まっさらであればこそ、好奇心に際限がない。

話したかぎり十代前半と思しき少女。すでに自分を超えているであろう天才がこのまま育てば、世界を揺るがす人物に成長するだろう。

（まいったな。教育者としてのワタシはポンコツもいいところなのだけど、彼女の成長を見守りたいと思ってしまう）

それ以上に、ともに研究する立場になりたいと強く願った。

「さて、自身のみを優先した合理的思考の持ち主なワタシだけれど、キミのお眼鏡に適っただろうか？」

シャルロッテは視線をリザに移した。

『利害が対立しないうちは、彼女は〝信用〟してよいと思いますけど、リザはどう考えますか？』

「……怪しい動きをしたらすぐ処理する。その条件ならいい」

『ええっと……』

「ははは、キミは本当に可愛いねえ。リザ君もお仲間を困らせるものじゃないぞ？」

「馴《な》れ馴れしい」

「ま、利害が対立することはないよ。そこは安心していい。なにせ――」

ティアリエッタは寒さに震えながらにっと笑う。

「キミたち、『シヴァ』とつながりがあるのだろう？」

『よくわかりましたね。何かヒントになるようなこと言いました？』

ああ、とリザが頭を抱える。

ティアリエッタも『この子ちょっと素直すぎるな』と心配になるレベルだ。

「半分はカマかけだけれど、まあ、確信の直前に至ったのは、その通信魔法さ」

本来は大規模な魔法術式が必要な魔法を、簡略化して実現できている。いくら魔族であろうと無理な業だ。

「ワタシの知るかぎり、そんな破天荒をやってのけそうな人物は一人しか心当たりがない。あの黒い戦士君しかね」

「なるほど。ですが、ではどうして『つながりがある』と？　『仲間である』とは考えなかったのですか？」

「ああ、それはね――」

ティアリエッタは〝ヴァイス・オウル〟の論文すべてに（非合法な方法で入手して）目を通しているが、通信魔法に関するものはなかった。

ふだん使いで利用していながら、しかしまったく言及していないのはなぜか？

おそらく〝ヴァイス・オウル〟の中に、この魔法を行使できる者がいないからだ。

彼女らは通信魔法を、魔法具かそれに近い形で使っているに過ぎない。

となれば、シヴァは彼女らに技術提供する立場ではあるが、『仲間』というほどではない。

ゆえに『つながりがある』程度と考えた。

「どうかな？」

『その慧眼《けいがん》、恐れ入りました』

「褒められて悪い気はしないけれど、だとすると疑問も浮かぶ。彼もそうだけど、キミたちの真の目的はなんだい？」

シャルロッテはすこし間を空けて告げる。

『我らは〝シヴァを見守りその偉大さを世に知らしめつつ陰ながらお手伝いする会〟です。略して〝シヴァを見守る会〟──ベオババハター。またの名を円卓会議』

どこからツッコめば？

『あ、円卓会議は活動主体ですね。でしたら会の正式名称は〝キャメロット〟にすべきでしょうか？』

なんかぶつぶつ言ってる。

『ちなみに〝ヴァイス・オウル〟は特定メンバーによるいちサークルです』

「へえ、そうなんだ……」

この辺りは突き詰めるだけ無駄な気がした。

「それじゃあワタシは、円卓会議には所属していないながらも〝ヴァイス・オウル〟に仮入部した、みたいな扱いかな？」

『そう理解していただければ。いずれあなたにも〝騎士〟の称号が与えられるでしょう。がんばってください！』

「お、おう。それは、がんばらないとだね……」

とにもかくにも仮とはいえ仲間と認められたらしい。

「で、キミたちはワタシに何を期待しているのかな？　必要な情報ってのは？」

シャルロッテは居住まいを正し、重々しく（でも愛らしさは隠せず）告げる。

『学院は今、闇の巨大組織に狙われています』

「は？」

唐突に何を？

『裏生徒会とか、そういう感じの怪しげな活動をご存じないでしょうか？』

「あー……ああ、あるね。裏生徒会とやらは知らないけれど、妙な宗教団体が学院のみならず王国内で暗躍しているそうだよ」

『それです！　詳しく！』

「いやでも、ワタシの興味の範囲外だから、ポルコス君から教師たちの噂話レベルを聞いた程度だよ？」

『構いません。より詳細にはリザと協力して情報収集に務めていただきたいのですけど、いいですか？』

「むぅ、実に面倒くさ――ああいや、そういった仕事が結果的にワタシの益にはなるね。やってやろうじゃないか。だからリザ君、そんなに睨まないでおくれよ」

室温がまた下がり始めたのでティアリエッタは身震いする。そろそろ凍ってしまいそうだ。

『ではまずルセイヤンネル教授が持つ情報を教えてください』

「ティアで構わないよ。ええっと、まず宗教団体ってのについてだけれど――」

底冷えする中で情報共有が行われる。

その一部始終を――。

★

シヴァこと俺は見ていた！

授業中、円卓会議とやらのメンバーが暴走しないように施していた監視用結界からの警報が、けたたましく（俺の耳の中だけで）鳴った。

飛び上がらんほどに驚いたわけだが、まさか一番暴走しないだろうと思っていたリザからだったとは。

まあ、フレイだったら今ごろティア教授は灰になってたろうな。命拾いしたね。

にしても、である。

「裏生徒会かぁ……」

誰にも聞こえないようにぼそりとつぶやく。

そのものズバリではないとはいえ、何やらキナ臭い連中が学院で暗躍しているそうな。

まだ教師たちも実態をつかみきれていないようだけど、これ、面倒な話にならないかな？

とりま、情報集めはティア教授たちにお任せして、何かあれば裏で俺がなんとかすればいいか。

引き続きリザたちは監視しておこう。

でもなんか、アレだね。

シヴァを見守る会……どっちが見守ってるんでしょうね？

おまけ幕間　妹という生き物（ＨＩＳＴＯＲＹ）

我が妹シャルロッテ・ゼンフィスは、まごうかたなき天才児である。

最大魔法レベルは圧巻の【61】。あの性悪女、閃光姫《せんこうき》を大きく上回る。

その素質の高さゆえか、あいつが初めて魔法を繰り出したのは、なんと一歳のときだ。

俺がこっそり赤ちゃんシャルをあやすために作った結界のおもちゃを、見よう見まねで（歪《いびつ》ではあったが）こしらえたのだ。たぶん無意識に。

当時は『異世界の赤子って魔法が使えるのね。すごいね』とただ感心したのみだったが、母さんに話したらえらく驚いていて、

『ちょっと待って！　ふつう早くても魔法が使えるようになるのは五歳くらいからよ？　無意識に発動するなんて危なすぎるわ！』

と慌てふためいていたのを思い出す。

で、母さんの危惧は翌年、シャルが二歳になったころに現実のものとなった。

火の玉放ってボヤ騒ぎである。

どうやらフレイが操る火炎系魔法を、これまた見よう見まねで無邪気に発動したらしい。

これはいかん、と父さんたちは急遽《きゅうきょ》対策を協議し、魔法を抑制する術式がシャルに施された。

このとき、彼女の現在魔法レベルは【5】。今のイリスが聞いたらしょんぼりしそう。

とまあ、シャルの幼年期における伝説は事欠かないが、彼女の天才っぷりは魔法だけにとどまらなかった。

頭がね、すごくいいんですよ。

わずか五歳にして、日本語を二週間足らずでアニメ視聴できるほどに習得した。

この時期から辺境伯領の城内で英才教育を始めると、小難しい知識をどんどん吸収していく。

ちなみに俺も同じ時期に同じ内容の講義やらを受けさせられたのだが、一年経たずに追いつけなくなったです、はい。

まあ、このときは俺がへっぽこすぎるんだろうなーと思っていた。

でもどうやらシャルは、この時点で国内最高学府に通じる内容を履修していたのだ。びっくりである。というか、それ以前に母さんと一緒に城の書庫で本を読み漁っていたそうな。

魔法レベルのほうは、抑制術式が解除されたとたん、一年足らずで現在魔法レベルが【5】から【9】へ跳ね上がる。

で、今のあいつは現在魔法レベルが【17】。これまた十一歳にしてグランフェルト特級魔法学院に苦もなく通えるくらい成長していた。

もうね、すごすぎるよね。

そういや、ＳＦ系のアニメを見て知らないことがあればネットで深々と調べていたな。

好奇心が強いのね。

当初こそ俺を避けていた幼女だったが、とある事件をきっかけにすごく懐き、

『兄上さまの魔法はすばらしいです！』

などと、その好奇心は俺にも向けられた。

父さんたちには俺がへんてこ結界魔法を使えることは内緒にしていて、細心の注意を払ってこっそり魔法を使っていたのだが、なぜだかシャルには見つかっちゃったのよね。

手にしたメモにペンを走らせ、俺に質問しまくるシャルちゃん。可愛い。

とはいえ、俺は魔法の何たるかをよく知らない。結界魔法しか使えないので。しかもその結界魔法すら感覚的に発動してるから説明が非常に難しい。

だから彼女の期待に俺は何ひとつ応えられないのだ。悔しみ。

まあ、魔法談義はフレイと楽しくやってたみたいだし、フレイはフレイで、

『私はハルト様の助言により、いっそう魔法知識が深まった』

とか持ち上げてくれた。でも俺、なんかためになること言ったっけ？

『属性比率は本人の体感でもなかなかつかめません。隠し属性なるものに至っては、存在すら認知できませんでした。これらを正確に知ることは、魔法鍛錬および習得の効率化に絶大なる貢献をも

たらします』

　ふぅん、そういうもんか。

『兄上さまにはそれらが見えるのです。なんてすばらしい才能でしょう。さすがです！』

　それもヘンテコ結界魔法のおかげだけどね。

『通信魔法と転移魔法がその根底では〝謎時空〟を利用した同系統魔法であることや、自律型ホムンクルスの再現とそれに人と同等の自我を与える新たなる術式などなど。いまだ解明には至っていませんけど、兄上さまの魔法で現代魔法の常識がことごとく塗り替えられているのです』

　シャルはあるとき、そんなことを言った。

『すなわち兄上さまの魔法は、いえ兄上さまそのものが国の、いえいえ世界の宝！　兄上さまのもたらす数々の恩恵を、世に知らしめなくては！』

　いや、大々的にやるのはちょっと……。

『では、こっそりやってみます』

　それならいいか。でもこっそり喧伝《けんでん》するって矛盾してない？　などと俺はのんきに構えていたんだけどね。

　まさかヴァイス・オウルなんて偽名を使って魔法学会にいろいろ送り付けていたとは、お兄ちゃんも驚きでしたよ。

　そして今やその白梟《しろふくろう》は辺境を飛び立ち、国中の魔法研究者を震撼《しんかん》させているらしい。

あの子、まだ十一歳なんだけどな。
これからいったいどんな成長を見せるのか。
愉しみがたくさんな俺でした——。

第二章　狙う者、狙われる者

王都東地区にある学院の周辺は、閑静な住宅街となっている。

そこからしばらく進むと商店が連なり、平日の昼間でも多くの人で賑《にぎ》わっていた。

行き交う人々を縫うように、足早に歩く人影がひとつ。

フードを目深にかぶり、容貌は窺《うかが》えないがしっかりした足取りから若い男だと見て取れる。

店を冷やかすでもなく、目的の場所があるかのように真っ直ぐ、迷いなく、彼は歩き続けた。

やがて吸いこまれるように、裏路地へと姿を隠す。

そこにもわずかだが人の流れがあった。彼らから逃れるように、若い男は奥まった道を選んで進んでいった。

人通りが完全に切れた細い路地。

中年男性が一人、壁際にうずくまっていた。脇には酒瓶が置いてある。一見すると酔っ払いが泥酔しているだけだ。

「ルシファイラの加護よあれ」

若い男がかけた言葉も、その場に誰か居合わせたなら憐《あわ》れみからきたものだと感じたかもしれない。

しかし中年男性はぴくりとも動かぬまま、

「誰にも跡をつけられていないだろうな？」

恫喝《どうかつ》じみた声音で応じた。

「はい。さすがに僕が学院を出たことは誤魔化せませんが、ここへ来たことは誰にも気づかれていないはずです」

数秒の間を置き、中年男がズボンのポケットをまさぐった。

取り出したのは小さな包み。

無言で差し出された包みを、若い男は慎重に受け取り、中を改めた。

「……針、ですか？」

細く弱々しい小さな針が三本、入っていた。

「そうだ。軽量で目視もしにくい。君のような学生でも背後から気づかれず、確実に目標を捉えられるだろう」

若い男はむっとする。『学生風情』と侮られた気がした。

しかし皮肉を返すよりも、気がかりがあった。

「でもこれ……本当に大丈夫なんですか？」

「貧弱そうに見えて頑丈だ。勢いさえつければ学生レベルの防御など容易く突破できる」

「僕が気になっているのは、付与された魔法効果ですよ。その、さすがに死んでしまうようなことは……」

　ふっ、と中年男性が嘲笑を零した。

「いや失敬。なに、殺傷能力は皆無に等しい。打ち込まれた者にはちょっとした呪いがかかる程度だ。呪いを解除するまで高熱にうなされるくらいのな」

　中年男性は続ける。

「我らとて必要以上に事を荒立てるつもりはない。国王派と王妃派、二つの勢力をより強く対立させるのが目的だ。さすがに命まで取っては、貴族派の諸君らにも疑いの目が向けられかねないからな」

　ずいぶんとよくしゃべる、と若い男は内心で毒づく。

（貴族派《ぼくら》にではなく、〝教団《じぶんたち》〟に、だろうに）

　それならそれで、彼の言葉も信用できると納得した。

「では、朗報をお待ちください」

「ああ。だが慎重にな。君が捕らえられる危険はもちろんだが、目標に届かなければ意味がない」

「僕は風属性魔法が得意ですからね。たとえ相手の実力が上でも、学生程度なら狙いは外しませんよ」

　ここぞとばかりに、先ほどしなかった皮肉を返した。

「そうか。しかし侮るなよ？　なにせ相手は――」

凄みを増して、中年男性が告げる。

「新入生主席、ライアス王子なのだからな」

若い男はポケットに包みをねじ込む。「ええ、わかっています」とだけ返し、中年男性の前を通り過ぎた――。

★

お昼を済ませ、午後は実技の授業が二つ続く。

最初の授業は『魔法射撃（精密級）』。遠方の的に強く正確に魔法攻撃を当てるため、実技を通して訓練するのが目的だ。

学内にある開けた荒れ地にやってきた。

「えー、つまりですね、狙いを外すのは論外ですが、的を破壊できなくてもこの授業に参加する資格はありません」

でっぷりした爺《じい》さんが丁寧に説明する。

最初の授業では生徒たちを脅すのが慣例なのだろうか？　この授業を受けている生徒はほぼ上級

生だが、多くの顔が強張っている。にこりともしない。

でも、しめしめ。

ここでは的を外した時点で落第確定。なんともぬるい授業じゃないか。

早期退学を目指すうえで、午前の講義では不覚を取った。

だから実技でこれでもかとへっぽこな俺を見せつけなければならない。

ま、今回は楽勝だな。

「下の級を飛ばしてこの授業を受けている新入生が二人いますね」

またもしめしめ。

お爺さん先生は俺とライアスをじろりと見た。

ちなみにイリスはいない。あいつは魔法レベルが低くて実技系は不得意だもんな。

とりま早々に俺のへっぽこ具合を晒《さら》し、

『ゼンフィス君にこの授業は早かったようですね』

などとお爺さん先生に鼻で笑われたら大勝利。『誰かやりたい人』とか言われたら真っ先に手を挙げちゃうよ？

「では、ライアス・オルテアス君にまずやってもらいましょうか」

「うっす！」

ライアスは両のこぶしをがつっと合わせて前に出た。

早く落第宣告をいただきたい俺にはちょっと残念だが、これはこれでいいか。

へっぽこアピールをするうえで、比較対象は必要なのだ。

ライアスから二百メートルは離れた場所に、二メートルほどの木の棒が立っている。その先端には水晶みたいな球がのっかっていた。

あれが的だ。

的は十メートル間隔でいくつも置いてある。それらの向こうは高く土が盛られていて、外れてもそこが魔法を防いでくれるのだ。

「的にはささやかですが防護魔法がかけられています。命中しても破壊しなければ合格とは言えませんから、そのつもりで」

重ねての脅しにもライアスは不敵に笑う。

詠唱し、片手を上に持ち上げた。何かを持つように手のひらを形作ると、その中に細長い光が現れる。

「いくぜ、光の矢《ライトニング・アロー》！」

槍投《やりな》げみたいに腕を振るい、光の矢を撃ち放った。

ものすごいスピードで突き進んだ矢は、キィンと澄んだ音を響かせ的を射抜く。球状の的は小さな穴を開けてのち、粉々に砕け散った。

「ふぅむ。なかなかの威力ですね。狙いも正確だ。扱いの難しい光魔法を、これだけ使いこなしているとは驚きです」

えびす顔で満足そうにうなずく老先生。

周囲がどよめく。

ライアスは当然といった風に胸を張った。

ふふ、いいぞライアス。上出来だ。

前の奴が完璧であればあるほど、俺のへっぽこ具合が際立つというもの。

「では次に、ハルト・ゼンフィス君の実力もみせてもらいましょうか」

「わかりました」

真打ちの登場である。

俺は緊張した面持ちを作り、不安そうに眼を泳がせて遠くの的に正対した。へっぽこ演技はもう始まっているのだ。

さて、俺は【土】属性しか持っていないことになっている。

なのでしゃがみこみ、大地に手を添えた。

そこらの小石を石つぶてにする魔法だ。実際には結界で覆って飛ばすのだが、見た目上は土系統で最下級の魔法を行使した風を装うのですよ。

俺はうんたらかんたらと呪文っぽいのを口ずさんだ。

怪訝《けげん》な表情をする皆様。

お構いなしで魔法を撃とうと思うのだが。

正直なところ、加減がわからない。

ライアスの魔法を見た限り、的は大した防御じゃないっぽい。先生も『ささやか』って言ってたしね。

というわけで、下手に当てては破壊しかねないかも。

外したとして、盛り土で大爆発でも起こそうものなら落ちこぼれ認定されるか微妙。

わかっているとも。

『あれ？　俺またなんかやっちゃいました？』

との流れは厳禁。

ここはうまいこと的を外し、盛り土にずぼっとめりこむ程度の威力でなければならない。

慎重に、狙いを定める素振りをして、

「石射撃《ストーン・アタック》！」

小石を飛ばした。

ぴゅーっとそこそこのスピードで飛んでいく。ちょっと迫力がなさすぎるかな？　さすがにわざと弱い魔法を撃ったと思われかねない。

小石のスピードをわずかに上げた。

「ッ⁉」

スピード調整なんてふだんやらないけど難しくはない。

ところで今、誰か驚いてなかった？　なんか背後がざわついてるようにも思えるが……きっと遅すぎるから失笑でも漏れたのだろう。今は集中せねば。

もうちょっとだけスピードを上げた。

うん、このくらいならいいかな、と思ったそのときだ。

「クエー」

鳥が飛んできましたね。カラスくらいの妙な鳥。すいーっと低空で、俺の魔法の射線上に向かっていた。

いかん。

このままだと衝突は免れない、ような気がする。

もしぶち当たって小さな命を散らすようなことがあれば寝覚めが悪い。

ぴた。

「ッ⁉」

なので止めた。小石が空中で停止し、その前を鳥さんはのんびり通過する。

やれやれ、のん気な奴だ。

俺は肩を竦《すく》めて再び小石を動かす。さっきとほぼ同じスピードだ。

む？　鳥に気を取られて狙いが大きく外れてしまったぞ。いくらなんでも隣の的に近いのは外し過ぎだよな？

ぐいんと進路を捻じ曲げる。

「ッ⁉」

さっきから声もなく驚いてるの誰？

気になるも、前を見据える俺。

真面目アピールってやつよ。

一生懸命やってもなおへっぽこなのは周囲に良い心証を与えつつ、でも実力主義のここでは生きていけないよね、と憐みの感情により早期に追い出されること請け合い。

怖いな。俺の策士的才能が。

などと余計なことを考えるうち、小石は的から数十センチ離れたところを通過して盛り土にずぽっと埋まった。

完璧だ！

なんとなく右往左往している感じも演出できたし、これいいんじゃね？

「いやー、失敗しちゃいました」

悔しがったりあわあわしたりすべきなのだろうが、ちょっと嬉《うれ》しくなったのでてへぺろしつつ振り向いた、そのとき。


キィン、と。


小さな音が、俺の背後で鳴った。

どうやら俺が常時展開している防御結界に極細の針みたいなのが当たって砕けたらしい。

防御結界は俺が認識外からの攻撃っぽい魔法にのみ反応するのだ。

なんだろう？　他の授業の流れ弾かな？

まあそういうこともあるだろう。なにせエリート校だしね。それ、根拠になる？　ならない？

なんてことを考えていたら。

キィン。

またも小さく澄んだ音が鳴った。

まったく同じ方向から、同じく極細の針っぽい何か。今度も砕けちゃったので詳細は不明。

んん？　なんか変だぞ？

針が飛んできたのは的の方角。盛り土の向こう側だ。

そっちに板状結界を（誰にも見えないようにして）飛ばし、周囲を眺めてみても木々があるだけだ。授業をやってる風でもなかった。

となれば、誰かが意図的に針を飛ばしてきたと考えるべきだろう。

誰が、なんの目的で？

俺を狙ったのか、俺の正面に居並ぶ学生の誰かを狙ったのかはわからない。

探索範囲を広げても、さすがに遅すぎたのか術者らしきは見当たらなかった。

さらに遠くを探ってみたら、授業のない学生たちがたむろしている。

そこに紛れたのだろうか？　てことは学生？　でも変装してる外部の人って可能性もあるのか。

老け顔もけっこういるからよくわかんないな。

手掛かりはあの針っぽい何かなのだが、二本とも砕けてしまったのでそいつにつながる情報も失われた。

ま、どのみちわからないのだから仕方ないとして、それよりなにより。

「皆さん、どうされました？」

しーんと。

ライアスや先生、一緒に授業を受けている皆さんが目を見開いて口をあんぐりしてますね。

もしや謎の攻撃に気づいたの？

でも防いだのが俺だとは感づかれてないよな？

てことは、あれ？

俺なんかやっちゃいましたぁ？


お爺さん先生がぎぎぎっと錆《さ》びたロボットみたいに首を動かし、俺に顔を向けた。

「今、君は……遠隔操作、したのですか……？」

「はい？」

「やはりですか！」

いや疑問形だったんだけど。

「スピードが変わったりぴたっと止まったりぐぐっと曲がったりしましたものね！」

どうやら謎の攻撃には気づいておらず、放った石を俺が動かしたことに驚いているようだ。

でもなんで？

どうして皆さん、驚いていらっしゃるの？

そんなん普通にできるだろ。

フレイやリザは余裕。父さんだってやってるのを見たことがある。

城で俺がやったのを見て、誰も何も言わなかったし。

「ランクB――レベル30オーバー相当の難度を、新入生の君が……。いや、そもそも君は魔法レベル2なのですよね？　いったいどうやって？」

「それより、的を外しましたよ？　威力も弱いですよね？」

「そちらは訓練でどうにでもなります！　魔法レベルが低くとも特殊な武具などである程度はカバーできますしね」

しかぁし！　とお爺さん先生は血管が切れんばかりに喚く。

「遠隔操作は魔法レベルだけでなく、かなりのセンスが要求されるのです。あの閃光姫《せんこうき》ギーゼロッテ王妃様でも学生時代には到達できなかった領域。それを！　君は！」

なんだ、あの女って若いころは大したことなかったんだな。ってそんなことよりも。

「素晴らしい！　ゼンフィス君は特別に、訓練メニューを調整しましょう。遠隔操作の精度向上に努める内容にね。ああ、他の実技授業の教授方とも情報を共有しておきますね」

先生は興奮気味にまくし立てる。

「それからそれから、魔法レベルと遠隔操作の関連性、その既存研究にも一石を投じますね。たしか専門は――」

ダメだ。

自分の世界に入ってしまったぞ。

「やっぱお前、すげえよな」

ライアスが寄ってきて俺の肩に馴《な》れ馴れしく手を乗せる。

「でもよ、本当はあんなもんじゃないんだろ？　調子が悪かったか緊張してたか、いや、手の内を明かしたくなかったか？」

ある意味最後のが正解ではあるんだけど。

「ははははは」

もう笑うしかない。

「あはははははっ」とお爺さん先生も笑う。

「はっはっはっ」とライアスや、つられて学生たちまで笑い出す。

笑顔あふれる楽しい授業。俺は泣きたいけどね――。

★

失態だ。

まさか魔法をぐねぐね動かしたくらいで凄い奴認定されるとは思わなかった。

早期退学が遠のく中、次こそは失敗が許されない。

俺は並々ならぬ決意を胸に次の授業に赴いた。

授業名は『魔法体術（達人級）』。

達人とか明らかにヤバそう。だがそれがいい。

運動しやすい格好になり、野球場くらいありそうなグラウンドに集まる俺たち。ライアスはいいとして、なんでイリスがいるんだろう？

こいつ、魔法の実技はからきしだったんじゃ？

「やあ諸君、今日は絶好の体術日和だね！　筋肉は万全かい？」

やたら暑苦しそうなおっさんが陽気に現れた。

タンクトップに細マッチョな体型。日焼けした肌と対照的な白い歯とともに、おでこがきらりと光る。

「下の級をすっ飛ばして達人級《ここ》へやってきた意気軒高な猛者たちもいるようだね。でも君たち大丈夫かい？　『達人級』なんて学生レベルで大げさではあるけど、それでも生半可な覚悟じゃあケガではすまないよ？」

明らかに俺たち新入生に目をやっている。てか筋肉を強調するポーズやめてもらえます？

「さて、挨拶がてらこの授業の趣旨を説明しよう。魔法をただぶっ放すだけの旧時代の戦闘形態とは異なり、近代では組織戦にしろ個人戦にしろ、近接戦闘能力が重要な意味を持つ」

のんびり詠唱している間に剣でばっさり、というのはケースバイケースだが、武器や自分を強化するのが魔法で可能な以上、接近戦の優劣が勝敗を決することは往々にしてある。

「そして近接戦闘において基本となるのが体術だ。魔法で強化した自身の体に振り回されることなく、滑らかに、かつ力強く、それでいて美しく！」

くねっくねと忙しい人だな。

「下の級では自己強化系魔法の組み合わせや自身との相性を探るのが主な狙いだ。達人級ではその辺り、各自が概ね把握している前提だからね。基本的な質問などはいっさい受け付けない。体で覚えろ！　体に訊《き》け！」

だから妙なポーズやめよ？

「というわけで、授業内容は模擬戦がメインだ。今日は最初だし、まずは代表者二人の一対一戦闘をみんなで見て、意見交換でもしてみようか」

先生はわざとらしく生徒たちを見回すが、明らかに俺たち新入生三人に意識を向けていた。

「イリスフィリア君、それにライアス・オルテアス王子、前に」

イリスが立ち上がった。

半袖にハーフパンツという、ともに黒のシックな出で立ちだ。ぴっちりしているので大きな胸と体のラインが強調され、男どもの目の色が変わる。

続けてライアスも立ち上がったのだが。

「先生、僕はこいつ――ハルトとやりたいんっすけど」

俺を指名してきやがった。

いやまあ、気持ちはわからんでもない。

要するに五年前のリベンジがしたいんでしょうな。まだお互い子どもだったとはいえ、ぼっこぼこのぎったんぎったんにしちゃったものね（過去を美化する俺）。

俺が答える前にイリスが割りこむ。

「待った。指名していいならボクもハルトがいい」

「お前はあとで僕が相手してやる。今は引っこんでろ」

「ハルトと対して五体満足でいるつもりか？　危機意識が足りていないな」

「お前こそ一発でぶちのめされるのがオチだろ」

視線で火花を散らす二人。どうでもいいけど俺を持ち上げないで。

とはいえ、本来なら面倒事に巻きこまれて肩を竦めるところだが、これはチャンスだ。

午前の講義や前の授業では不覚を取った。だから今回はこれでもかとへっぽこな俺を見せつけなければならない。

わざと負けるのは相手に失礼？

ＨＡＨＡＨＡ、まったく気にしないね！

ただわざとだと気づかれるのはマズい。授業に不真面目だと俺だけの問題じゃなくなるからな。

そこは臨機応変に対応するとも。

さあ、俺の相手はどっちだ！

タンクトップの先生は腕を組み、しばし考えてから、

「そこまでゼンフィス君にこだわるなら、やはり君たち二人が先に戦い、勝者が彼とやるのがいい

ね」

あらま。肩透かしですかそうですか。

ま、次はどのみち俺の出番だし、べつにいっかと切り替える。相手の手の内が見られるわけだしね。対策しやすくなるってもんさ。

そして指名された二人はといえば。

ライアスがにやりと笑うのは自信の表れ。

イリスは口を真一文字に引き結んだ。

両者、無言で十メートルほど距離を開けて対峙《たいじ》する。

「模擬戦とはいえ実戦を想定したものだ。そこは忘れないように。では、はじめ！」

合図とともにそれぞれ詠唱を開始する。

早かったのはイリスだ。いや、詠唱途中に動き出した。

拳法みたいな構えから、かなりのスピードでライアスに迫る。

対するライアスはボクサーみたいな構えで迎え撃った。

イリスの連続攻撃。手刀や蹴りを間髪容れずに繰り出す。体捌《からださば》きは滑らかで、いっさいの無駄がない、ような気がする。

ライアスは笑みを消し、軽快なステップと上半身のスウェーでギリギリ躱《かわ》す。

見た感じはイリスが押している。

ライアスのジャブはまるで機能しておらず、手数はイリスが圧倒していた。

けれど徐々に、面食らっていたライアスの表情に余裕が生まれ、イリスには焦りの色が濃く浮かんだ。

と、ライアスの腕がわずかに下がる。

空いた胸元へ、イリスの体重を乗せた掌底が打ちこまれた。

しかしライアスはびくともせず、
ガッ！

「くっ！」

お返しとばかりに右フックを叩《たた》きこんだ。イリスはもう一方の手でどうにか受けたものの、軽々と吹っ飛ばされた。

「そこまで！」

先生が片手を挙げて声を響かせる。

「なっ⁉　待ってくれ。ボクはまだ戦える！」

受けた腕が痺《しび》れているようだが、たしかにまだ足腰はぐらついていなかった。

でもなあ……。

「いや、勝負ありだ。これ以上続けても結果は目に見えているよ。それは君にもわかっているだろう？」

イリスが暗く目を伏せた。

「正直、イリスフィリア君の動きには驚かされたよ。最低限の自己強化で迅速に戦闘準備を整え、動きは実に洗練されていた。でもね――」

哀しいかな、イリスの攻撃はことごとく軽い。

「今の君の魔法レベルでは、ライアス王子の防御は突破できない。だが悲観しなくていいよ。魔法効果を付与した強力な武具を装備すれば、君は今すぐ実戦投入できる実力がある。この授業にもついていけるだろう」

慰めにもイリスは悔しそうな表情を崩さなかった。

とぼとぼと俺の横にやってきて、膝を抱えて座る。

「すまない……。今のボクでは、キミに挑戦する資格はないようだ……」

目尻にきらりと光るもの。つぅっと頬を伝って落ちる。

「イリスフィリアさん、悔しそうだね」

「なあゼンフィス、お前ってそいつの友だちなんだろ？」

「えー？　恋人じゃないの？」

「ここは男を見せないとなあ」

「やっちまえ！」

なぜだか周囲はヒートアップ。

「はっ、上等だぜ。ハルトがやる気になってくれるなら、むしろ好都合だ」

ライアスは悪役を受け入れて不敵に笑う。

えっ、何この『友の仇《かたき》を取れ』な雰囲気。

君ら何を盛り上がってるの？　俺、べつにイリスには同情してないし、ライアスにムカついても
いないんだけど？

俺は立ち上がる。

そうして『王子をぶっ潰せ』との視線を背後からビシバシ感じつつ、負けるための勝負に挑むの
だった。

めちゃくちゃやりにくいです。

★

その場のノリってのもあるのだろうけど、王子様なのにライアスの嫌われっぷりはいかがなもの
か。

実は俺も王子なんだ、などと絶対言いたくない雰囲気の中、俺はライアスの前に進み出る。

「ライアス王子、休憩は必要かな？」

「いらないっす」

もはや騒音は耳に入らないとばかりに集中を増すライアス君。

「この日を待ってたぜ」

瞳は激情に燃え盛る。

「今の僕がどれだけお前に通用するか、正直なところ不安しかない。けど、全力でいかせてもらう」

悲痛なほどの決意を告げてくれたところ悪いが、俺は負ける気満々です。

ライアスよ、お前のリベンジもここで終わる。俺へのこだわりを捨てるときが来たぞ。

ただ実のところ、俺は混乱していた。

妙な仇討《あだうち》的雰囲気に呑《の》まれたのではない。

イリスとライアスの模擬戦闘を眺めて、気づいてしまったことがあった。


こいつら、そんな強くなくね？


エリート校なのに学生レベルってこんなもんなのか、というのが率直な印象だ。

昔、父さんと剣の稽古をしたけど、がっつり手加減したであろう父さんよりも下。フレイやリザに比べれば天と地ほど差があった。

同じことを、さっきの魔法射撃なんちゃらの授業でも感じた。

フレイが『軽く運動でもしよう』とリザを誘ったときの魔法戦を思い出す。

二人が放った魔法よりずいぶんぬるいと思ったんだよな。いくら魔族同士でも『軽い運動』レベルに比して、だ。

いや待てよ？

的に当てなきゃならないのを考えれば、狙い重視で威力を抑えるのは当然か。あの的、大して防御力なかったからな。

あ、なるほど。俺、わかっちゃった。

さてはライアスめ、今の組手はかなり手加減してたな。

相手は魔法レベルの低いイリスだったし、そっちに合わせて力を温存してたのか。追い詰められたっぽいのも演技に違いない。

でもって俺との戦いでは全力を出し、油断した俺を騙《だま》し討ちにしようって魂胆に違いない。

ふふふ。そんなことしなくても、俺はちゃんと負けてやるってば。

状況を完全に把握した俺は余裕を取り戻した。

では、全力で負けてやろうじゃないか！

それっぽい詠唱をする。まあ『強くなーれ』とかなんだけどね。

そうして俺は自身に結界を張り巡らせ、万全の状態で待ち構えた。

負けるなら魔法いらなくね？　と思うなかれ。

相手が全力でくるのなら、何もしなければ大ケガをしてしまう。痛いのは嫌だ。

俺の結界魔法による自己強化は五年前よりグレードアップしている。以前は外骨格系パワードスーツっぽく、全身を結界で覆っていた。いわば疑似的な強化だ。

今は細胞のひとつひとつ、骨や筋組織にも個別に結界を施し、俺自身の肉体が常人をはるかに超えたものとなっている。

五感や神経系もすごいのです。ま、現代日本の一般人に比べて、だけどね。

今のところ魔族のフレイ相手でも楽についていけている。

防護結界を薄く皮膚にも展開し、準備は万端。

しかし大丈夫かな、との不安もある。

さっきのライアスが手加減バリバリだとすれば、奴の真の実力が測れないからだ。

なにせここは異世界。そして俺の魔法レベルはたったの2。

なんでもアリで愉快な効果を発揮できる結界魔法があるとはいえ、実技成績が学年トップで、幼いころから英才教育を受けまくりの王子様に太刀打ちできるとは思えなかった。

もうちょっと強化しておくか。

結界は一度作ってしまえば維持に魔力は必要ない。機能を決定し、放置していればいいのだから作り放題。億単位だって屁《へ》でもなかった。

たとえ負ける前提であっても、ケガはしたくないし痛いのはヤダ（二回目）。

とりあえず人間形態のフレイをねじ伏せるくらいはしといたほうが無難かな。

なんかドキドキしてきた。

今度こそヘマは許されないのだ。

ものの見事に、これ以上ないほど無様に負ける必要がある。

相手の動きに翻弄された風であわあわし、ライアスの攻撃を真正面から受ける。吹っ飛ばされる演出でもすれば完璧だ。

『ゼンフィス君にこの授業は早かったようだね』

とタンクトップ先生に鼻で笑われたら大勝利。

心の中でやられたときの声を練習しておくか。

『ぐっはあぁっ！』

うん、いけそう。

「それでは、はじめ！」

先生がむきっと力こぶを作ったのを合図に、俺は全身から力を抜いた。

さあライアス、かかってこい！

が、当のライアス君はボクサーっぽいファイティングスタイルで固まっている。

「くっ……隙がねえ」

えっ、俺今ものすごい隙だらけだよ？

「ふぅむ……。無手の境地か。体術を極めた者がたどり着く、構えなしの構え。まさかそこまでとは思わなかったよ」

先生もなに言ってますの？

俺は不意打ちや騙し討ちは得意だが、真っ向勝負は大嫌いだ。殴り合いとかほぼやらない。

境地どころかスタートラインにすら立ってないからね？

無駄な時間が過ぎていく。

動いてもないのに汗をかいてるライアスをぼーっと眺めていても埒《らち》が明かんな、これ。

仕方がないので、俺から仕掛けることにした。

「ッ⁉」

近寄ってみた。ライアス君、めっちゃびっくりしてる。でも動かない。

「なっ⁉」

やることないので元の場所に戻った。またもびっくりするライアス君。なんやねん。

そして先生もなんだかびっくりしてるようだ。

「なんて動きだ。予備動作なしで一瞬のうちに間合いを詰め、また同じ場所に戻るなんて……」

いや全然大した動きしてなかったよ？

父さんなら攻撃しても余裕で躱せるくらいだったはず。

なんだろう？　不安が積み上がっていく。

このままではマズいと感じた俺は、手のひらを上に向けてくいくいっとライアスを誘う。

「……ああ、ビビッてたんじゃ始まらねえよな。行くぞ！」

ようやく突進してきてくれた。

お前の演技もなかなかだな。そこまでして俺を油断させたいのか。

しかも小細工なしの正面突破で向かってきた。

ジャブすらなく、右のこぶしが引き絞られる。

でも、やっぱり遅い。これじゃあ吹っ飛ばされるどころか、がっつり防御できてしまうよ。

ここで俺はピンときた。

ははぁん、さてはこの右ストレート、フェイクだな。

騙し討ち、化かし合いでは一歩先を行くと自負している俺には通用せんよ。

でもこれは使える、と考えた俺は、
バチンッ！

顔面でもろに奴のこぶしを食らった。

さあ、がら空きにしたボディーに左こぶしを打ちこむか？　それとも回し蹴り？　足払いでワンクッション入れるのもいいな。はたまた意表を突いて後ろへ回りこむ？

って、なんにもやらんのかーい！

ライアスは渾身《こんしん》の一撃とばかりに、俺を右ストレートで殴り飛ばそうとしている模様。

いや本気か？

さすがにこんなへなちょこパンチで吹っ飛んだら、わざと負けたと思われない？

逡巡《しゅんじゅん》は一瞬。

これ以上もたつけば、ライアスの攻撃を完全に防いだと思われてしまう。

ちなみにパンチをもらってからこの間、０・２秒ほど。脳機能を強化しまくっているので思考も速いのだ。

「ぐっはぁぁっ！」

さっき心の中で練習しておいたやられ声を吐き出し、俺は後ろへ自ら吹っ飛んだ。そのまま無様にごろごろ転がり、うつ伏せになって倒れる。

痛がるより、気絶したフリをしたほうがいいかな？

俺はぴくりとも動かず、『勝者、ライアス王子！』との宣言を待った。

でも周りは気になるので辺りの様子を見る。透明な監視用結界と、網膜の結界とを結んでドローン視点で俯瞰《ふかん》した。

生徒たちはざわついている。

ライアスは呆然《ぼうぜん》と俺を眺めていた。なぜだか右のこぶしをさすっている。まさか痺れてるなんてことはあるまい。おそらく何かしら策を考えていたのに、初手の一発で俺がやられてしまったので呆《あき》れているのだろう。

で、先生は俺とライアスを交互に見て、ふっとため息をつき、片手を徐々に持ち上げていった。

終了宣言キタコレ！

「そこま――」

ライアスも勝利を確信したのだろう。こぶしを握ってそこに目を向けた、そのとき――。


ああ、クソ。またかよ。


俺は跳ね起きるや、すぐさまライアスに肉薄した。肩をつかんで引き倒し、背後に回って組み伏せる。

「ッ⁉」

「なっ⁉」

先生もライアスも驚いていた。イリスほか見物していた生徒たちも驚愕《きょうがく》に目を見開く。

ああ、やっちまったなあ。

他にやりようはあったかもだけど、とっさに思いついたのがこれだった。

しかしコレ、どう言い訳すればいいだろう？

狸《たぬき》寝入りしてたのはバレバレだよなあ。

しょんぼりしていると、目をぱちくりさせていた先生がハッと我に返った。

「ははは、これは驚いた。なるほど、ゼンフィス君は『実戦を想定しろ』との意味を正しく捉えていたようだね」

そんなこと言ってたっけ？

ライアスを含めてみなが首を傾げる中、解説が続く。

「わざと攻撃を受け、気絶したフリをして相手を油断させる。その隙をついたというわけか」

ええ、まったくそんなつもりはございませんでした。

「魔王亡きあと、魔族との本格的な衝突がなくなった昨今は騎士道なんて形式美がもてはやされつつある。だが本来、戦場では卑怯《ひきょう》も何もない。ゼンフィス君はそんな風潮は生ぬるいとみんなに教えようとしたんだね」

ですからね、まったくそんなつもりはなかったのですよ。

俺はライアスから離れ、片手のこぶしを開いた。

細い、髪の毛ほどの極細な針。

前の授業でも同じものが放たれた。それも二度だ。

そのときは誰を狙ったものかわからなかったが、今回は明らかにライアスの背中を狙ったものだった。

ライアスを助ける義理はまったくもってない。

しかし何かが起きて俺が疑われてはたまらない。

証拠も欲しかったから、これを手に入れるついでにライアスを組み伏せたに過ぎなかった。

目的は知れない。しかし証拠は得た。

この針から何か情報が得られるかもしれない。俺は針を謎時空に収めた。

「ライアス王子、彼の驚異的な動きを見ていながら、油断してしまったね」

「ええ、まぐれ当たりが入ったと思っちまいましたよ」

ライアスは頭を掻《か》きながら立ち上がる。

「やっぱりお前には敵わないな。けど、悔しくはない。いつか僕もお前に追いついてやる」

爽やかに汗まで拭った。

「さあ諸君、ゼンフィス君に拍手を！」

高らかな声に拍手が湧き起こる。

「ははは」

またも笑うしかない。

こうなったのも、妙な針で攻撃してきた何者かのせいだ。俺は悪くないもん。

絶対に見つける。

俺の早期退学ミッションを邪魔する奴は、誰であろうと赦しはしない——。

★

最悪だ。

入学して初日の授業で、俺は賞賛の嵐に巻きこまれてしまった。

ヘタレた落ちこぼれと認定されるはずが、である。

早期退学ミッションが大きく後退する事態となった。

俺は現状を打破すべく緊急会議を開く。

といってもメンバーは俺とコピーのみ。場所は寮の裏手にある林の中だ。結界で防音は完璧。リザは自室で待機してもらっている。

俺の記憶を共有しているコピーは開口一番言った。

「無理だ。諦めろ」

「お前俺のコピーのくせに諦め早いな！」

「お前は元々諦めの早い人間だろうが！」

「お前だって隔日で学校に通うんだぞ？　五年も耐えられるのか⁉」

「いやいやいや、そもそもお前が悪いんだろ？　俺はやらんぞ。尻拭いはお前がしろ」

「お前が出席してればこんなことにはならなかったよ！　うん、以降はお前が全部出ろ」

「理不尽だ！」

「文句言うなバカ！」

「バカって言うほうがバカだ！」

「なにおう！」

「なんだよ！」

罵り合う俺たち。よく考えたら自身を罵倒するってマヌケよね。

自問自答では端から建設的な議論ができようはずはない。最初に気づけよ。

コピーも察したのか、脱力してしみじみ言う。

「で、実際どうすんのよ？　たとえ魔法の使えないコピー《おれ》が今後の授業に出て『実は俺、なーんもできません（てへ♪』とかやっても、ふざけてるとしか思われないぞ？」

「そこなんだよなあ……」

一度実力が認められてしまった以上、むちゃくちゃ手を抜いてもわざとだと見破られるのがオチだ。

「ともかく、俺の実力はこれで限界ってとこを見せるしかないな。あとは周りが成長してくれて、相対的に俺が落ちこぼれていく、という流れにもっていく」

「講義はいいとして、コピー《おれ》が実技に出たら実際なんもできんぞ？」

「嬉しそうなとこ残念なお知らせだが、最上級のクラスは自身が得意な魔法具を持ちこんでもいいらしい」

「そうだった！」

素で忘れていたらしく愕然とするコピー。都合のいいことしか覚えていないのはさすが俺だな。哀しい。

とはいえ細かい操作はコピーだと辛い部分もあるので、俺たちは授業の時間割とにらめっこしながらあーだこーだと議論を重ね――。

「今日と同じく第一曜日は本体、明日はコピーってことで」

授業のない中日を飛ばして第四曜日は俺《おれ》、第五がコピー《おまえ》に決まった。第六曜日は所属する研究室で何かやるための日だから、実質お休みなのだ。

「えらく長引きそうだな……」とコピーがこぼす。

「最悪の場合は『人間関係に疲れて鬱になりました』で押し通すしかないな」

「もうそれでいいじゃん……」

まあね。俺もそうしたい。父さんたちには迷惑をかけてしまいそうだけど。

「とりあえず前期の中間考査までは様子見だな。きついとは思うけどがんばってくれ」

俺もがんばるよ。

けっきょくテンションはどん底で対策会議は終了した、のだが。

「なんか、忘れてる気がする」

俺の言葉にコピーは首を傾げた。

「なんだっけ？」

「えーっと……」

俺はほわほわほわわんって感じで今日を回想してみた。

「「針！」」

同時に叫ぶ俺たち。

そうそう。ライアスを狙った針の件ね。危うく忘れるところだったよ。あれのせいで俺の計画がお粗末になってしまったのにね。

とはいえ今日はもう遅い。ブツを調べるのは明日にして。

俺は当事者に注意するためひとっ走りした――。

☆

ライアスは放課後の自主練を終えた。

シャワーを浴びてすっきりし、足取り軽く送迎用の馬車へ向かう。

今日は実によい日だった。

憧れ続けた男とついに直接相対した。しかも五年前の再現のような体術戦。

結果は力の差を見せつけられただけだが、それでも彼は満足していた。

自分でも驚くほどの変わりようだ。

以前なら——五年前ならあのときと同じく現実が受け入れられず、ただ悔しくて情けなくて、相手を憎み嫉妬の炎で身を焦がしてしただろう。

だがいつしか憎しみや嫉妬は羨望に変わり、強さを追い求めるようになった。


——いつか、あの背中に追いつきたい、と。


とはいえ、反省もある。

(けっきょく今日も訊けなかったな……)

母王妃ギーゼロッテからの厳命。

ゼンフィス卿《きょう》領内で活動する正体不明の黒い戦士の情報を、ハルトから入手するタイミングを逸してしまった。

授業中は憚《はばか》られるし、授業が終わるとハルトはすぐいなくなる。

そろそろ何らかの成果を出さなければ、母からきついお叱りを受けるだろう。

気が重い。

妙なごたごたに巻きこんでしまいそうで申し訳なく思う。

一転して足取りが重くなり、待っていた王族専用の箱馬車にようやくたどり着いた。御者が開けた扉から中に入ると、意外な人物が待ち構えていた。

「お疲れ様でした。遅かったですね」

「なんで姉貴がいるんだよ？」

マリアンヌがちょこんと席に座っていた。

「たまにはよいではありませんか。今、私は離宮に立ち入れませんし」

「話があるなら学内でいいだろうが」

むしろそうしなければならない。母はここでも目を光らせているのだから。

扉が閉められ、マリアンヌと距離を開けて座る。正面の小窓から御者の一人がちらりと中を窺っていた。

彼らは母王妃が指名した者たちだ。監視役のすぐ側で内緒話なんてできるはずがなかった。

がらごろと馬車が進む。

ライアスは話しかけられても素っ気なく返してすぐに話題を打ち切った。

学外へ出て、しばらく経つと話も途切れ、無言で車輪の音を聞いていると。

――音がやんだ。

そして目の前の座席に、突如として全身黒ずくめの男が現れた。

「何者ですか⁉」

「どうやって入ってきた⁉」

転移魔法？　それ以外考えられない。しかし現代では理論が残っているだけの大魔法だ。使える人間がいるとは思えなかった。

二人が身構えるのを、男は片手を掲げて制した。

「驚かせてすまない。俺は『シヴァ』。正義の執行者だ」

複数が重なったような声に、ライアスは息を呑む。

その名は母から聞かされている。ゼンフィス卿領内で暗躍している黒い戦士で間違いない。まさか本人が目の前に現れるとは……。

「さて、用件を手短に話そう」

ごくりと二人で喉を鳴らすと、男は淡々と告げた。

「ライアス王子、君は狙われている」

「は？」

「今日だけで三度、君を目掛けてこんなものが飛んでいたよ」

男が手を持ち上げる。二つの指で何かをつまんでいた。目を凝らしてよく見ると、

「……針？」

髪の毛ほど細い、金属製の針のようなものらしい。

「ともに実技の授業中、君が油断した瞬間を狙ったようだ。犯人はまだ捕らえていない。目的も不明だ。君に心当たりは？」

次期国王の自分を、疎ましく思う者たちは王国にたくさんいる。王と王妃が対立する中、さらに溝を深めようとの輩はそこらじゅうにいるのだ。

「ありすぎてわからない」

ふっと男が笑った気がした。

「なるほど。であれば、こちらで調べておこう」

手を下ろす中、針がどこかへ消えてなくなっている。

「話はそれだけだ。ああ、今後は学内でも気を引き締めてくれ。俺がいつも君の側にいるとは限らないのでね」

「今回は、あんたがたまたま近くにいたから僕は助かったのか？」

「ああ、だが礼には及ばない。ただの成り行きだ。君を助ける義理はないが、目の前で罪のない者が傷つくのは放置できなかったのでね。なにせ俺は、正義の執行者だからな」

座ったままくねっと奇妙なポーズをする変な男。

「いちおう礼は言っておく。ついでにいろいろ訊きたいもんだな。あんたは何者だ？　王都に何をしに来た？」

「詮索はするな。俺のことを口外するのも遠慮してほしい」

「口外するなって言われてもな……」

男の背後に目をやった。小窓の向こうでは箱馬車の中の会話に聞き耳を立てている者たちがいる。

「ああ、音は外に漏れないようにしてある。外の音も聞こえないだろう?」

たしかに、男が現れる直前から馬車が進む音も聞こえてこない。

「けど、あんたがいるのは見えてるだろうが」

「見えてもいないよ。正しくは、君たち二人がぼんやり座っている姿しか、ね」

どういうことだ? と首をかしげる。たしかに御者たちは、こちらを不審に思っている風ではな
い。気づけばさすがに馬車を止めるだろうし。

「ではさらばだ」

「待ってくれ! その……実は僕、あんたのことを探るよう言われているんだ」

なぜ、自分はバカ正直に話そうとしているのか。

助けてくれた恩? いや確証がない以上、それはない。

ただ、ずっと震えが止まらないから。

この男には何をしても敵わないと、本能が告げているから。

まるで母王妃や〝彼〟と対峙したときのように。

「俺を？　誰が？」

　当然の質問だ。

　正直に答えれば、王都を燃やし尽くす火種になりかねないと恐ろしくなった。隣に座るマリアンヌも、それ以上はいけないと目で訴えている。

「母上、だ……」

　けれど、言わずにはいられなかった。

「ああ、あの女か。だったら構わない」

「へ？」

「あいつとは因縁があってね。俺の動きに勘付いたのか？　なら当然の反応だな。けど学生身分の息子にやらせるかねえ」

　なんだか口調が砕けてきた。

「い、いいのか？」

「あいつは俺に何もできないからな。こそこそ嗅ぎまわるのがせいぜいだろうよ」

　ぞわりと背筋に悪寒が走った。

　王国最強の閃光姫に対してなお、自信満々な口ぶりに嘘《うそ》はないと確信したからだ。

「どのみちお前に俺の情報を与えるつもりはない。今日出会ったことは話してもいいさ。あ、けど俺を探っていると本人に伝えたとは言わないほうがいいぞ？　あいつ、おっかないだろ？」

どことなく精神的な距離が近寄ったと感じ、ライアスの震えもいつの間にか止まっていた。

「では今度こそ、さらばだ！」

両手を交差させる妙なポーズをしたかと思うと、男は空気に溶けるように姿を消した、のだが。

すぅっ、と音もなく走行中の馬車の扉が開いた。やがてすぅっと扉が閉まる。

「出ていった、のでしょうか……？」

「たぶん、な……」

「では、現れたときも転移魔法ではなく……」

おそらく男は、ライアスが馬車に乗るときに姿を消したままこっそり乗りこんだのだろう。

「でも完全に姿を消すのだって、あり得ないぞ……」

「そうですね……」

車輪の音が返ってくる。

しばらく二人はがらごろと、馬車が進む音に無言で聞き入っていた――。

☆

なぜだ？　どうして？

一度ならず二度。仕切り直しての三度目すら、失敗してしまった。

しかも原因が理解不能。

魔法射撃の授業では、出番を終えて緊張が緩んだところを狙った。

ライアスはハルト・ゼンフィスの不可思議な魔法遠隔操作に驚き、意識が彼にすべて注がれていたように思う。

自分も驚きはしたが、確実にライアスを捉えた――はずだった。

しかし射出した〝針〟は彼に届かない。

理解できぬまままもう一発。

焦りはあった。

しかし外すはずがないとの自負も、当然あったのだ。

狙いは違わず、ライアスの胸元に突き進んでいたのに。

（また、消えてなくなった……？）

わからない。

あの場でこちらの攻撃に気づいた者はいなかった――一人を除いて。

（あいつが、防いだのか……？）

背を向けていたハルト・ゼンフィスが、針が消え去ったところをちらりと見た、気がした。

嫌な予感に急かされ、その場を離れたので確証はない。

とにかく訳がわからないまでも、気持ちを切り替えることを優先した。

そして、三度目。

今度こそはと、神経を研ぎ澄ませて隙を窺った。

ライアスがハルト・ゼンフィスを殴打し、放心した直後。

これ以上ないほどのタイミングで放った針は、しかし。

「あいつに、邪魔された！」

身を震わせたのは、怒りと悔しさだけではない。

強く声を吐き出さなければ、恐怖でどうにかなりそうだった。

(落ち着け。僕がやったとは気づかれていないはずだ)

もしそうなら、今ごろ大挙して教師たちがやってきているだろう。

(でも、けっきょく針は見つからなかった)

いずれの授業の訓練場でも、夜を徹して探し回っても針の回収には至っていない。

もし、ハルトがこちらの攻撃に気づき、針を持ち去っていたら？

(大丈夫……大丈夫だ)

たとえ針を調べられても、自分が疑われることはない。

あの魔法具は特別な方法で作成したらしく、学生の身分で作ることは叶《かな》わない。だからわざわざ学外で受け取ったのだ。

狙いも知られるはずがない。

たとえ尋問されたところで、自分は白を切り通す。新入生主席の王子を妬んだ自分に、知らない誰かが付けこんだと主張すればいい。

そう指示もされていた。『そのときはこちらが適切に処理する』とまで言ってくれたのだ。

ただ、失敗は失敗だ。

「くそっ、せっかく〝ナンバーズ〟に入れたのに、最初の任務でつまずくなんて……」

つぶやき、〝彼〟は自室を後にする。

建物から出たところで、

「早くしないと遅刻してしまうぞ？」

「俺は一限目お休みなの」

「そうだったのか。なら先に言っておいてほしい」

「なんでよ？　べつに一緒に行く必要なんてないだろ」

「と、友だちなのだから、いいじゃないか」

「なに照れてんの？」

「照れてない！」

そんな会話をする男女の横を、下を向いて通り過ぎた――。

★

俺の名はハルトC。

朝、ティア教授の研究棟へ向かった。リザも一緒だ。イリスも寮を出たところで待ち構えていたが、あいつは授業があるのでこっちには来ていなかった。

「ふぅむ。たしかにコレはなんらかの魔法具だね。実に繊細なものだ」

着いて会うなり『変なもの拾いました』とティア教授に謎の針を見せた。

ライアスを狙って放たれたものだ。俺たちにはさっぱり何なのかわからないので、専門家に見せてみようと思った次第。

「なんだかわかりますか？」

「こんな細い針、特殊な意図がなければ作ろうとはしないだろうね。そしてどんな魔法が施されているかが明らかになれば、その意図もつかめるというものさ」

ティア教授のメガネがきらんと光る。

「さっそく解析してみよう。キミたちもおいで」

部屋を移動する。

どの部屋もたいてい雑然としているが、半端なくごちゃごちゃした実験室だ。

「そういえばハルト君、『ヴァイス・オウル』という名を聞いたことはあるかい？」

急にそわそわしだしたリザを横目にしれっと答える。

「昨日、授業で初めて聞きました。正体不明の天才研究者とか」

「詳しくは知らないのかい？」

「まったく」

嘘偽りを真顔で伝えると、ティア教授はふうんと素っ気なく返したものの、小声で「この子は違うのか……」とか言ってリザに目をやっている。

リザは小さくこくりとうなずいた。

ヴァイス・オウルなる白仮面はシヴァと協力関係にあり、リザは仲間である。そしてリザは俺の従者だから、つながりを疑うのは当然だ。

そこはほら、魔族を擁する謎の団体がゼンフィス家の使用人として王国内に拠点を構え、これまた謎な黒い戦士が共闘しているってことで、ね。

俺とシャルは無関係。そういうことにしておきたい。無理がある？

心配をよそに、追及は特になかった。

ティア教授は部屋の隅っこの机にかけてあった黒い布を取り去る。

製図台みたいな、格子状の模様が描かれた五十センチ四方の台が現れた。

ティア教授はその上に針を置くと、部屋のカーテンをすべて閉めた。燭台《しょくだい》の灯りのみでほの暗くなる。

「きょとんとしているところを見ると、『鑑定装置』は初めてのようだね」

「なんですかそれ？」

「捻りのない名前のとおり、物体に施された魔法を鑑定する魔法具さ。物体に付与された属性や、ものによっては特殊効果を正確に解析できる優れモノだよ。これまた古代の技術で作られ、今では作成不可能な代物だ。数が少ないから『ミージャの水晶』より貴重なものなのさ」

「どうしてティア教授みたいな底辺研究者がそんなものを？」

「はっはっは、失礼だなキミは！　こほん。ま、古代魔法の研究には必要不可欠だからね。手に入れるのに苦労したものさ。いやホント、辛かったなあ……」

どんよりしてしまった。経緯は聞かないでおこう。

「学院でもワタシがコレを所持しているのを知っている人間はごく一部に限られる。口外はしないでくれよ？」

言いながら、台の上に手を乗せる。ぽわっと光を帯びた。しばらく光が揺らめいていたかと思うと、そこからビームみたいな光が放たれる。


壁に、文字がぶわーっと羅列した。


「なんですかこれ？」

見たこともない文字だった。

先に答えたのはリザ。思わずといった感じでぼそりとつぶやく。

「古代語……。でも、これは……」

「さすがリザ君だね。〝神代語〟とも呼ばれている古い言語さ。それ自体は専門家ならすらすら読めるけど、そこに羅列している文字は並びが神代語の文法とはかけ離れている。専門家は『バラバラのぐちゃぐちゃだ』と鼻で笑うね」

「そんなの読めないじゃないですか」

「ところが法則がある。文字を記号と考え、数値に変換する。それを法則に従って区切り、また文字に変換すると意味が読み取れるのさ」

機械語をプログラム言語に変換するようなもんかな？　よく知らんけど。

「しかし情報が多いね。えらく複雑だし……ふぅむ……」

脳内で翻訳して読んでいるらしい。

しばらくかかりそうだな、とぼんやりしていると。


「おい！　クソチビメガネはいるか⁉　いるんだろう？　出てこい！」

遠くから怒声が響いた。

「こっちか？　いないな。ではこちらか！　む、さては――」

どっかで聞いたような凛《りん》とした女性の声は、徐々に近づいてきて。

「ここかあ！」

バーンとドアが開かれた。

黒いローブを来た、長い金髪のきれいな人。片眼鏡をかけたこの人はたしか――。

「やあ、オラちゃん。ワタシに何か用かい？」

「名を省略するな。私はオラトリア・ベルカムだ」

そうそう。昨日の講義ではお世話になりましたぎぎぎぎ。

「おや？　ハルト・ゼンフィスもいたのか。ちょうどいいな。彼はもらっていく」

リザが俺をかばうように立ちふさがると、怪訝な顔をするベルカム教授。

「相変わらず唐突だねえ、キミは。ハルト君の才能に目を付けて、自分の研究室に誘おうってのかい？　ダメ。あげないよ」

俺を物扱いするの、やめてもらえます？

「ふん、これほどの才能を古代魔法なんて枯れた研究に――ん？　なんだ、鑑定中か。む――」

ベルカム教授は壁に表示された文字の羅列をじっと見る。

仲悪そうだけど、鑑定装置の存在を不審には思ってないようだ。

「……【闇】に、【混沌《こんとん》】。呪いか」

「さすがは属性研究の第一人者だね。さっそくそこを読み取るとは」

「世辞はよせ。気色悪い。しかし、これは……」

ベルカム教授は（最初からそうだったがいっそう）表情を険しくした。

「なんと醜悪な」

「うん、鉱毒で体を侵し、呪い効果で治癒を妨げる。明らかに殺害を意図したものだ。しかも相手をひどく苦しめてね。実に悪趣味だよ」

ベルカム教授は鑑定装置に大股で近寄った。

「針……これを体内で溶かし、全身に行き渡らせるつもりだったのか」

「そのようだね。さてハルト君、これをキミは『落ちてたのを拾った』と言ったけれど、もしかして誰を狙ったものか知っているんじゃないのかい？」

「……さあ？　わかりません」

嘘は言ってない。

ライアスに放たれたものだけど、別の誰かを狙って外れたのかもしれないし。ほぼ確実ではあると思うけど、さすがにこの国の王子様を狙ったとは軽々しく言えないよね。

それよりも――。

「犯人の目星は付かないんですか？」

答えたのはベルカム教授。

「呪い自体、かなり高度な術式だ。学生でこれを作るのは無理だな。しかも【闇】と【混沌】を持つ者となれば、教師でも限られるが――」

「最有力候補はオラちゃんだね。【火】と【水】にそれらを加えた『上級四属性《ハイ・クワッド》』だし」

「だから名前を省略するな！　あと、私ではない」

「ま、キミはこんなゲスい手は使わないか。清廉すぎるところがいいところでもあり悪いところでもあり……いや、やっぱり悪いところだね。相手を蹴落とす執念があれば、学生時代ワタシに大きく水をあけられることもなかった」

「くっ、たしかに成績は貴様が上だったさ。だが研究者としては私のほうがずっと上にいる！」

「えー？　同じ研究をしていたらワタシのほうが上だと思うよ？」

「ぐぬぬぬぬ……。貴様の！　そういうところが気に食わないんだ！　わかっているならどうして古代魔法なんぞにうつつを抜かしている！」

「現代魔法なんて先が見えているからねえ。古代魔法のほうが面白いよ？」

「天賦の才を得ておきながら、貴様は！」

　ぎゃーぎゃーと騒ぐ二人。主にはベルカム教授だが。

「あの、それで犯人は？」

　ベルカム教授がハッとして居住まいを正す。

「う、うむ。先にも言ったが作った者が学生とは考えにくい。教師……であるとも考えたくはない。せめて誰を狙ったのか、その動機が知れれば犯人像にも近づけるとは思うが……」

「感情論は抜きにして、できるできないで言えばできそうな教師はいる。学院長なら簡単なんじゃないかな？」

ぎろりと睨《にら》まれてもどこ吹く風。

「ま、でも外部の犯行だろうね。教師が学内で自ら作った魔法具で暗殺を試みるなんて、容疑者に入れてくれと言っているようなものだ」

「じゃあ、外部の人が学内で犯行に及んだ？」

二人はそろって首を横に振った。

先に口を開いたのはベルカム教授だ。

「私は『作った者は』と言ったのだ。作成者と実行犯は別人である可能性がある」

ほう？　つまり？

「針には呪い効果の他に、これを飛ばしたい、い、い、い、い、痕跡も記録されている」

「その痕跡からは、学生でも可能な魔法が読み取れるのさ。学生レベルが飛ばしたと示してさえいるね」

「えーっと……外部のすごい人が呪いの針を作って、学外で受け取った学生が誰かを狙って針を魔法で飛ばした、ってことですか？」

「「その通り」」

息ぴったりですね。

「でも学生っていっぱいいますよ？　手掛かりはないんでしょうか？」

二人は同時にニヤリと笑う。実は仲いいのかな？

「主体は【風】属性だが、【水】と【闇】で隠密性を増している」

「対象は最悪でも二桁に絞られるね」

それでも多くね？

「もっと絞れませんかね？」

二人、またも同時に腕を組んで唸《うな》る。で、話す順番もやっぱり同じだ。

「大まかな属性比率はわかるのだが……」

「対象全員を調べるならけっきょく同じことだよねえ」

属性比率ってあれか。持ってる属性の得手不得手を数値化したやつ。

だったら話は簡単だ。

「それ、教えてもらえますか？」

本体なら属性比率を正確に測定できる。

ひと目で可能だから、学生全員だってしらみつぶしに調べてやるさ。本体がな！


「えー？　マジ面倒なんですけどー」

コピーからの報告を聞き、思わず本音が漏れた。

しかしながら、魔法の使えないコピーでは調査任務は無理がある。

早期退学ミッションが暗礁に乗り上げたのは得体のしれない誰かのせいである以上、俺も見逃してやるつもりはない。

針型魔法具を使った襲撃犯の候補は、ティア教授がある程度絞ってくれた。大まかな属性比率もベルカム教授によって判明しているので、しらみつぶしに目視して確かめればなんとかなる。

ああ、そうそう。もうひとつあった。

ライアスに命じてシヴァ《おれ》に探りを入れてきた、あの女はどうしよう？

あの女が変なことするかなーと思って監視用の結界は配置してあった。

ただ俺は早期退学ミッションに注力しなくてはならない関係上、わりといい加減だった自覚がある。反省。

べつに気にする必要はないっちゃないんだが、念のため監視を強化しておくかね。

おまけ幕間　本気の遊び

静かな湖畔に設置された円卓を、シャルロッテとフレイ、リザが囲んでいた。

「これがティア教授からいただいた、新興宗教団体『ルシファイラ教団』と関係ありそうな学生のリストです」

シャルロッテが円卓に一枚の紙を広げる。

「ふむ、百人を超えるのか。けっこういるものだな」

「はい。敵は学院の奥深くまで悪の手を伸ばしているようですね。表向きはコーラスや美術鑑賞など微笑ましいサークル活動を装い、数年前から新入生を勧誘しまくっているとか。思っていた以上に由々しき事態です」

「でもシャルロッテ様、さすがに数が多いよ。ここからどう絞るの？」

リザの問いに、フレイが高笑いで答える。

「ふははは！　一人一人尋問すればおのずと裏生徒会なる組織のメンバーも知れるというもの。さっそく数名を攫《さら》ってこよう」

「たぶん、それはやっちゃいけないやつ」

「そうですよ、フレイ。この人数だと時間がかかりすぎてしまいます」

「えっ、そっち？」

有力貴族の子女もたくさんいる学院の学生を攫って尋問すれば、学内はおろか王都が大騒ぎになってしまう。それはハルトにも迷惑がかかる、との常識はリザでも持ち合わせていた。

「お連れして尋ねるのではなく、学内でそれとなくお話しするのは大丈夫ですよ」

「ならやっぱり、まずは人数を絞るところから？」

「はい。そこでこちらもティア教授にお願いして教えていただきました」

もう一枚の紙を広げる。

「以前、兄上さまとすったもんだあったシュナイダル・ハーフェンさんと近しい思想を持つ方々のリストです」

「シュナイダル……ああ、無謀にもハルト様に盾突き、怪物と化して心を壊したお粗末な男か。だが、奴と裏生徒会とになんの関係が？」

シャルロッテはぴんと人差し指を立てた。

「まず前提として、裏生徒会とは表の生徒会と思想的に対立しているからこそ存在する組織です」

「そうだな。しかし奴は表の生徒会の副会長だったのだろう？」

「ですが生徒会長のマリアンヌ王女さまとは仲がよろしくなかったそうです。たびたび意見の対立があったとか。となれば彼が表の生徒会に反する組織を立ち上げるか、すでにあるそういった組織に所属していた可能性は高いと考えました」

シャルロッテはぐぐっと身を乗り出す。

「敵対組織の幹部が味方に所属するのはよくあること。そうアニメで学びました」

「なるほどっ」（フレイは納得顔）

「……」（リザは『そうかなあ？』と怪訝《けげん》顔）

「もちろん根拠はそれだけではありません。調べたところ、シュナイダルさんは何かしら秘密の会合に参加していたとの情報があるのです」

ん？　とリザが何か引っかかりを覚えるも、シャルは気づかず続けた。

「さらに調べてみたところ、彼の思想は国王さまや王妃さまと相反するものだったとか。哀しいことに国王さまと王妃さまも仲がよろしくありません。つまり、シュナイダルさんは第三の勢力に所属していたのではないでしょうか？」

んん？　と今度もまた引っかかるリザ。

だが何か言う前に、フレイが尋ねる。

「その第三勢力とはなんだ？」

「お聞きした話を総合すると、『国の運営を国王さまや王妃さまに任せるのはダメダメだから自分たち貴族ががんばらなくちゃね』という考えを基本とするそうです。〝貴族至上主義〟とかなんとかおっしゃっていましたね」

「ちょっと待った！」

たまらずリザが声を上げる。

「それを調べたのって誰？　『聞いた』とか『言ってた』とか、まさか……」

縋《すが》るようにフレイを見るも、彼女はふるふる首を横に振った。

再びシャルロッテに視線を戻せば、彼女はあっけらかんと。


「わたくしですが、何か？」


「学院内を聞き回ったの⁉」

リザは頭を抱える。

いくら比較的安全な学内とはいえ、護衛をつけずにシャルロッテを一人にしてしまったのだ。もし何か事件にでも巻きこまれでもしていたらと思うと恐ろしくなる。

「わたくしだってお役に立ちたいですからね。辺境の地でぼんやりしてはいられません」

シャルロッテはえっへんと小さな胸を張る。

「というわけで、まずはこの二つのリストを突き合わせましょう」

別の紙に共通する人物の名を記していく。

「最初のリストから半分にはなったけど、まだ数が多いね」

「というか、二番目のリストのほぼ全員だな」

この人数に聞き込みをするのは骨が折れる。

しかしシャルロッテは動じずに言う。

「裏生徒会は表の生徒会に対抗する組織ですから、相当な実力者が集まっているはずです。各学年のAクラスに絞ってみましょう」

「ざっくりすぎない？」

「クラス分けは筆記の実力が主だと聞く。何人か漏れてしまわないか？」

「今の段階での漏れは気にしなくていいです。すくなくとも一人を特定できれば、そこから辿《たど》っていけますから」

さらにフレイの言葉を受け、対象を魔法レベルが高い者、多くの属性を持つ者、難しい魔法を操れる者、と絞っていく。これらの情報もティアリエッタから得たものだ。

裏生徒会メンバーの気持ちになり、自分なら誰を選ぶかを考慮して――。

「七人まで絞られましたね。では、この方々をまずは監視しつつ、どのような人物か周辺調査をいたしましょう」

ふぃーっとみなの肩が軽くなった、その直後だった。

「シャルロッテ、何をしているの？」

びっくりして振り向けば、呆《あき》れてため息をつく母ナタリアが。

「ははははは母上さま⁉　どどどどうしてこちらに⁉　いえどうやってこちらに⁉」

「姿の見えない貴女を探しにきたのよ。壁に偽装した扉を通ってね」

「えっ、でも『どこまでもドア』は使用者に制限を設けていたはずですけど……」

フレイが勢いよく顔を逸らした。が、シャルロッテに涙目でじーっと見つめられ、開き直って大きな胸を反らす。

「ナタリアは円卓の騎士ではないが、シャルロッテの保護者だ。娘を心配する親心を無碍《むげ》にはできない」

裏切り者がいた。しかし理由を聞けばなるほど納得なので追及はしない。

「はうぅ……ごめんなさいです、母上さま。でもわたくし、きちんとお勉強も魔法の訓練もやりますから……」

力なく言い訳すると、ナタリアはふっと息をついて微笑んだ。

「ええ、わかっているのなら叱るつもりはないわ」

ぱあっと笑みを咲かせるシャルロッテ。

「それにしても……」

ナタリアはこの場所を知らない。フレイからは『シャルロッテがいないときはこの扉をくぐればいい』とだけ聞いていて、今回初めてやってきたのだ。

ゼンフィス辺境伯の居城は見えない。代わりに見覚えのない湖が眼前に広がっていた。

領内にある湖のひとつに、伝え聞く広さや風景の雰囲気がここと似ている湖があるが、そこは城からは相当な距離がある。

いや、いくら城の側であったとしても、城内の部屋からまったく知らない家屋に移動したのがそもそも驚くべきことなのだ。

(転移魔法、よね？　ただの扉で、そんな大魔法を実現しているというの……？)

しかもここへ来るまでにたくさんの骸骨兵や魔物たち、石の巨人も目にした。

「ここは、どこなの？」

つぶやきに、シャルロッテは満面のどや顔で答える。

「ここは兄上さまがお創りになった人と魔族が笑顔で暮らせる楽園——パンデモニウムです！」

フレイが大きくうなずく横で、リザが天を仰いだ。

「そう、ハルトが……。やっぱりあの子……」

シャルロッテがハッと我に返る。

ハルトが人智《じんち》を超越した魔法を操れるとは、まだ父や母には内緒にしているのだ。

「あのあのえっとえっと、違うんです母上さま！　いえ違わなくはないのですけど……」

絶賛混乱中の娘に、ナタリアは再び微笑んで。

「無理に言わなくてもいいわ、シャルロッテ。あの扉もこの地も……そうね、例の黒い戦士さんが協力しているのでしょう？」

「へ？　あ、はい。そうです！」

まだ本人に話す気がないのなら、あえて確かめる必要はない。告白してくれないのは、すこし寂しいけれど――。

「シヴァさんが関係しているなら隠さなくてもいいわ。あの方がやることなら、辺境伯は許可してくださるわ。いちおう報告はしておいてね」

いつか、我が子の口から話してくれるのを待つだけだ。

「了解です！　のちほど父上さまには事後報告的に許可を取りつけます！」

「お昼までには帰ってくるのよ？　それと、あまり危険な遊びはしないこと。フレイ、リザ。この子を頼むわね」

いちおう釘《くぎ》を刺し、ナタリアは城へと戻っていった。

「ふぅ……。なんとか誤魔化せました。母上さまには申し訳ないですけど」

まったく誤魔化せてないとリザは思いつつ、話を戻す。

「聞き込みは、わたしがやる」

「えっ、でもリザは極度の人見知りですよね」

むろん、できるならやりたくない。

だが聞き込みの最中、裏生徒会に気取られて妨害される可能性だってあるのだ。万が一にもシャルロッテを危険には晒《さら》せない。彼女のためにも、ハルトのためにも。

「そこはがんばる。わたしはハルト様の従者だから、合法的に学内で調査できる」

「それはまあ、そうなんですけど……」

しょんぼりするシャルロッテに、リザは笑みを送る。

「通信は開いておくから、シャルロッテ様は指示を。わたしは会話とか苦手だから」

「はい！　わたくしもがんばります！」

シャルロッテが元気を取り戻したところで、フレイが口を開いた。

「で、私は何をすれば？」

他の二人は顔を見合わせて、続けざま答える。

「フレイはお城のお仕事を」

「そっちも重要。がんばって」

「釈然としない！」

とにもかくにも役割分担も決まった。

そうして存在するかどうかもわからない、裏生徒会のメンバーを探る任務が始まったのだが。

数日後、彼女たちはたどり着く。

怪しげな学生集団が密会する場へ。

そしてそこには、ライアス王子を襲撃した何者かを追ってハルトもいたのだった——。

第三章　妹のためにやるべきこと

ティア教授からもらった生徒のリストを手に、俺は広い学内を飛び回る。

もちろん光学迷彩結界で姿を消して、だ。

めたくそ面倒でした！

引きこもりには苦痛の所業。でもまあ、仕方ないと割り切ろう。

ともあれ、苦労のかいあって俺はようやくそれっぽい人物に狙いを絞った。

四年生の男子生徒。

成績も家柄もそこそこいい感じの、頬がこけたインテリ風の兄ちゃんだ。

実はこいつ、シュナイダルの取り巻きの一人だった。

シュナイダル誰？　と俺も忘れかけていたのだが、入学式の日に俺とイリスに絡んできて、最終的には心を壊してしまった哀れな人。

怪しい臭いがぷんぷんするので、俺はこいつを張ることにした。同じ寮にいたしね。

数日は動きがなかったものの、第六曜日になって初めて奴は学外に出た。


陽が落ち、薄暗くなったころ。

乗合馬車も使わず、周囲を気にしながら、人目を避けるように路地をあっちこっち移動して一時間ほど。

古びた集合住宅が密集する地域にやってきた。

人はまったくいない。のんだくれが道で寝っ転がってそうな雰囲気だが、猫の子一匹歩いていなかった。

それもそのはず。

人払いとかそんな感じの結界が張ってあった。でもわりと雑。よくこれだけの効果を発揮してるもんだ。複数人で協力してがんばって張りました、って感じかなあ。

ともあれ怪しい臭いはぷんぷんです。

脇目も振らずに歩いて集合住宅のひとつに入ると、いくつも張られたこれまた雑な探知用結界の中、せっせと階段を上っていく。

俺は奴の後ろにぴったりくっついて、つぎはぎだらけの結界の隙間を余裕で通過する。

もちろん姿は消してあった。光学迷彩で気づかれてはいない。

四階の扉の前で奴が立ち止まった。何やら呪文を口ずさみ、扉に指で文様をなぞると、かちゃりと開錠して扉が勝手に開く。

その後ろから俺も楽々侵入する。

廊下だった。左右に部屋の扉がいくつもある。

奴は手前の部屋に入ると、無造作に置かれた木箱のひとつに手を伸ばした。『7』の文字が描かれている。

木箱を開けると空瓶やらが入っていて、それを丁寧に取り出してから箱の底をこつこつ叩《たた》く。ぱかっと底が開き、白い布っぽいものが畳まれていた。二重底か。

白い布は衣装だった。

ひらひらの貫頭衣をすっぽり被る。で、白い布でできた頭巾を装着する。頭はとんがっていて、目の部分だけくり抜かれていた。額部分には二匹の蛇が絡まった模様があり、中央に『7』と描かれている。

着替えた部屋から廊下に出て、一番奥の部屋に突き進む。またも呪文やらで扉を開くと、そこには――。

「遅かったな、ナンバー7《セブン》」

燭台《しょくだい》の灯りがほのかに揺らめく中、大きな円形のテーブルに、九人が座って待ち構えていた。みな同じような白い装束で顔を隠している。

「ナンバー9《ナイン》とナンバー11《イレブン》は欠席だ。君で最後だよ、ナンバー7」

額に『3』の人がそう言うと、別の数字がいろいろ言い始めた。

「新参のくせに我らより後に来るとはな」(『4』の人)
「大したご身分ね」(『12』の人)
「シュナイダルの太鼓持ちが今ではなあ」(『10』の人)
「〝ナンバーズ〟を軽く見ていないかい?」(『6』の人)
……うん。
白い服を着始めた辺りで気づいてはいたけどね。
状況や若そうな声から推察するに、こいつらはみな学院の生徒だろう。

喜べ妹、お前の願いはようやく叶《かな》う。


エリート校の、学生さんが、『ナンバーズ』とかいう秘密めいた組織の、秘密会合を! しかも覆面して番号で呼び合うとか気は確かか?

ヤバいぞ。シャルが見つけたら絶対に食いついてくる。

早々に彼らの現在進行形的黒歴史を世に知らしめ、組織を瓦解に追いこまなければ!

だがしかし、時すでに遅し。

俺が入ってくる前から、天井にぺったり貼りつく透明な板状物体。俺にしか見えてないが、アレは俺がシャルたちに渡している監視用結界だ。

繋《つな》がりを辿《たど》っていくと、建物からちょっと離れた裏路地に赤髪のメイドがいた。『ふふふ、愚かな連中め』とか『見られているとも知らず』とか『まさに一網打尽の絶好機！』とか襲《や》る気満々のご様子。

そしてフレイは通信用結界も起動していて、『見つけました！　裏！　生徒会！』とか『わたくしなんだかワクワクしてきました』とか『あ、突入はダメですよ？　情報収集が目的ですので』などと興奮しまくりながらも冷静なご様子。

俺も『7』の人にくっついてこずに、遠くから見てればよかったなあ。

しかしどのルートでここに至ったのかね？　シャルちゃんホント侮れない。

とりあえず見なかったことにして、オモシログループに注目する。

「静粛に」

低音のイケボが静かに一喝すると、ぴたりと喧騒《けんそう》がやんだ。『1』の人だ。

「我らの関係はこの場において対等であるべし、との理念を忘れたか？　なぜ我らが覆面をして互いに数字で呼び合っているか、思い出してほしい」

「その理念をないがしろにしていたのは、他ならぬ前ナンバー7だろうに」と『4』。

「そもそも序列無視は〝貴族至上主義〟の我らと相容れないと思うけどねえ」と『6』。

「だいたい、今日の会合はナンバー7を糾弾するのが目的だろう？」は『10』かな？

「そうね。二度も仕損じてよくも遅れて現れたものだわ」とは『12』、か。

「厚顔極まりないですね」ってのは……初出の『2』。

ってめんどくせえ！

わいわいしゃべったら誰が誰だかわからなくなるだろ常考。

体格や声の違いはあるのだが、額の数字をいちいち確認するのはとても辛い。のでもうやめる。

ただし一番偉そうで威厳のあるイケボの『1』は声だけでわかりやすかった。

「誤解しているようだが、この会合はナンバー7を糾弾する場ではない。失敗の原因を明らかにし、大目標達成に向けて次なる手を考えるのが目的だ」

ぐるりとみなを見回す。

示し合わせたように複数の声が続いた。

「腐った王政の打破」

「貴族至上主義の復権」

「我ら〝選ばれし者〟の手によって」

へえ、そう。うん、がんばってね。

どこからか小躍りしてそうな楽しげな声が聞こえてきたが俺はスルーする。

「報告は聞いているが、君の口から仔細《しさい》を話してほしい。ナンバー7」

「最初は、僕の攻撃が何かに弾かれた……と思う。二度続けてだ。三度目はライアス王子が組み伏せられたタイミングと重なって外れた」

「既存報告と同じじゃないの。貴方ね、あれから何日経ったと思っているの？　初回が『何に』弾かれたのか、三つの〝針〟はひとつでも回収できたのか。それらの調査はどうなったのよ？」

「……わからない。針も見つからない」

失笑が漏れる。

「三度目は不運であったとしても、最初の二回の失敗はどうにも腑《ふ》に落ちないね。ナンバー7、君は狙いを外したのを『防がれた』と偽っているのではないのかな？」

「違う！」

「まさか直前になって臆したのではないだろうね？　アレは『殺傷能力は皆無だ』と〝協力者〟は言っていたのに」

くすくすと嘲笑が生まれた。

「だから違う！　何か透明の壁のようなものに当たった……ような気がする」

「それで消失した、と？　あの針には高位の魔法防御も貫く効果が施されていたはずだ。ライアス王子レベルの自己強化でも防げない、とね」

「僕は事実を言っている。だから三度目は慎重に慎重を期したのに……あの男に邪魔されたんだ」

一同が押し黙る。

あの男って誰だ？

「ハルト・ゼンフィスか」

俺かよ。

「ゼンフィス辺境伯の息子だったわよね？」

「だが平民の孤児を引き取ったらしいぞ」

「魔法レベルも2で、とても最上級の実技授業に耐えられるとは思えないが」

「私はどちらもその場にいた」

ほう、『1』の人は同じ授業を受けていたのか。

「彼の実力は本物だ。特に体術に関してはこの場の誰よりも上だろう」

「貴方よりも？　ナンバー1《ワン》」

こくりとうなずく『1』の人。その前に『当然ですね！』とドヤリ声も俺にだけ聞こえたが、ともかく周囲の緊張が一気に高まった。

「かなりの逸材だ。欠員が出たならすぐにでもナンバーズに迎えたいところだな」

「待て、ナンバー1。ゼンフィス辺境伯は国王派の筆頭だぞ？　しかもハルト・ゼンフィスの出自は平民なんだろ？」

「我ら〝選ばれし者〟に俗物を入れるわけにはいかないね」

「戦力として利用するにはよいのではなくて？」

「ゼンフィス卿《きょう》も国王派ではあるが、王妃派と敵対しているという意味ではこちらに近い」

「どうかな？　『地鳴りの戦鎚《せんつい》』は実力さえあれば平民も重用する男だ。〝貴族至上主義〟の我らとは相容れないのでは？」

「ゼンフィス卿も『使えるモノは使う主義』であるとは考えられないかしら？　貴方もその意味で言ったのでしょう？　ナンバー1」

自分勝手な議論は盛り上がっていく。

俺は壁際に腰を落として最後まで聞いていた。

連中がライアスを狙ったのは間違いない。実行犯は『7』の人だ。

でも〝針〟に施された魔法を正確には知らされていなかったらしい。むしろ『相手を苦しめて殺す』効果は意図的に隠されて伝えられていた。

その後の話で目的も知れた。

このナンバーズとやらは、国王派と王妃派の対立を煽《あお》るつもりだったようだ。

まずはライアスを襲って国王派に疑いをかける。

次にマリアンヌ王女を狙い、王妃派の報復と思わせる。

そうして彼ら貴族派（って言うのかな？）が漁夫の利を得よう、とかそんな感じ。

ざっくりまとめるとガバガバな計画に思えるが、詳細を聞いてもやっぱりガバガバでお粗末な計画だった。

もしライアス襲撃が成功していて、あいつが死んでたらどうしたんだろうな。『コンナハズジャナカッタ』とか泣いちゃいそう。

けっきょくのところこいつらは、放っておいても自壊する程度の連中に感じる。

子どもの遊びの域を出てないんだよなあ。

だからいいや。こいつらは放置。

顔は隠してるけど全員の素性は簡単に割れるしね。シャルたちの遊びに付き合ってもらおう。そうしよう。

問題は、だ。

こいつらを裏で操っている〝協力者〟とやら。

学生を騙《だま》し、ライアスの暗殺を目論んだ連中だ。

メインは『貴族派』って勢力だろう。あとは会話の端々に出てきた、『ルシファイラ教団』という宗教組織。

大元っぽいそいつらをどうにかすれば、この騒動も収まるはず。

悪い大人はやっつける。正義の執行者シヴァの出番である。めんどくさいね。

☆

王都の北側は大街道に面しており、商人の活動が活発な地域である。

多くの旅人で賑《にぎ》わうこの地区には大小さまざまな宿屋が店を構えていた。

そんな中で異彩を放つ絢爛《けんらん》な高級宿に――しかもそのスイートルームに、聞いたこともない名の男が宿泊していた。

宿泊者名簿に記されたのは偽名だった。

本名はバル・アゴス男爵。

王国での男爵位は個人に与えられるもので、高級宿をお気軽に利用できるほど資産はない。

王妃ギーゼロッテが訝《いぶか》しむのも当然だった。

「分不相応な部屋を取ったものね」

応接間に入るなり彼女は言い放った。深くかぶったフードを取り去ると、わずかに粗末な首輪が覗《のぞ》く。

「王妃様をお呼び立てした無礼を思えば、これくらい安いものでございます」

慇懃《いんぎん》な物言いで深々と首を垂れる男。バル・アゴス男爵だ。

精悍《せいかん》な顔立ちながら顎鬚《あごひげ》は整えられ、清潔感のある紳士然とした風貌をしている。痩せ型の筋肉質で低音の甘い声。三十手前の年齢でもあり、縁談話がひっきりなしというのもうなずける。

だが、彼には謎が多い。

一年前、南方地域の紛争鎮圧で活躍して男爵位を得たものの、それ以前の経歴が不可解だった。

彼の魔法レベルは【34】／【38】。魔王がいた時代なら討伐メンバーに名を連ねていただろう実力者だ。

にもかかわらず、ほとんど無名のまま三年ほど前に突如として軍に入り、めきめきと頭角を現していったのだ。血統をたどれば凋落《ちょうらく》した貴族に行き着くらしいが、どうにも胡散臭《うさんくさ》い。

ギーゼロッテはローブを着たままソファーに腰かけた。

侍女がすっと寄ってきて、ワインをグラスに注ぐ。

変わった女だな、とギーゼロッテは思う。

褐色の肌に、肩で切りそろえられた白い髪。瞳は紅玉のように赤い。王国の人間ではなさそうだ。

歳のころは十七、八。体つきは貧相で、美しいが夜を楽しむ相手とも思えなかった。

侍女は離れて部屋の隅に行くと人形のように直立した。

「それで？　王妃たるわたくしを呼び出してなんの用件かしら？」

グラスには手を付けず、鋭い視線をアゴスに突き刺す。

「月並みではございますが、良い知らせと悪い報告、どちらを先にいたしましょう？」

「悪い報告の予想はつくわ。だってライアスはまだ生きているもの」

ライアスの殺害を提案したのはギーゼロッテに他ならない。

彼女は当初ライアスを次期王とし、その後ろ盾として実質的に王国を乗っ取る腹積もりだった。

しかし『ルシファイラ教団』と手を組んでからはむしろ邪魔になっていた。

ギーゼロッテは、自らが女王となる計画を進めていたのだ。

そのためには息子の命すら利用する。

「これは手厳しい。学生に任せたのは私の不手際。言い訳をするつもりはございません。ただ……そちらはむしろ良い知らせに含まれます」

怪訝《けげん》な顔になったギーゼロッテに、アゴスは無表情に語る。

「もとより王子暗殺は王宮を混乱に陥れ、国王派に罪をなすりつけて弱体化を謀るもの。結果、王妃派と我ら貴族派が結束する建前を整えるためにすぎません」

しかし、とアゴスは続ける。

「それはあくまで手段であり、我ら本来の目的とは異なります。この程度のズレで計画が頓挫することはありません」

「たいした自信ね。では良い知らせとは――」

アゴスは薄く笑って答える。

「はい。〝革命〟の準備がすべて整いました」

ぞくぞく、と。ギーゼロッテは体の芯を快楽が伝うような感覚に身震いする。

「愚昧なる王を誅伐《ちゅうばつ》せしめ、次なる王は協議の末に王妃様に決定する。むろん邪魔なライアス王子やマリアンヌ王女、そして異を唱えそうな貴族派の重鎮どもは革命の混乱でご退場いただきます」

「ふ、ふふふ……。結果だけ見れば王妃派の一人勝ちね。貴族派の重鎮たちも、まさか身内に裏切られるとは思っていないでしょう」

「私のようなぽっと出は末席がせいぜい。貴族派主導で王を誅したとて、領地がわずかばかり増える程度で出世は望むべくもありません。けっきょく彼らは実績よりも家柄重視ですからね。もとより私は貴族派に忠誠心など……」

アゴスは自嘲気味に笑みを浮かべ、首を左右に振る。

「わかっているわ。その代わり、〝教団〟での地位は保証しましょう。ええ、今はまだ幹部候補にすぎない貴方だけれど、わたくしの側近にしてあげるわ」

ギーゼロッテは新興宗教団体『ルシファイラ教団』を資金面で援助しており、発言力がある。

そしてアゴスもまた教団に所属する信徒だった。

革命は王妃派と貴族派が結託して行われる。だがその中心ではルシファイラ教団が暗躍していた。

「恐悦至極に存じます。我が忠節は、教団と王妃に捧《ささ》げましょう」

胸に手を当て恭しく首を垂れるアゴスに満足したのか、ギーゼロッテはようやくグラスに手を伸ばした。

「で、悪い報告というのは?」

「はい、と言いましても悪いだけではないのですが……その首輪と御身に施された魔法の解析が完了いたしました」

ごくりとワインを飲み下し、ギーゼロッテは鋭い視線を突き刺す。

「ダメでした、なんて言わないわよね？」

「解析自体は成功しています。結果は驚くべきものではありましたが」

「もったいぶらないでちょうだい！」

苛立ちを吐き出したギーゼロッテに一礼してから、アゴスは窓際に立った。

「誤解を覚悟で申し上げますと、御身に施された魔法は――結界魔法です」

「なん、ですって……？」

「ええ、不審に思われるのも当然でしょう。ただ結界魔法といっても我らが知る補助的な効果しか持たぬものではなく、古代魔法に連なる極めて高度に完成された魔法なのです」

アゴスは窓に手を添えた。

「御身に施された魔法の主な機能は『空間をつなげる』もの。たとえばこの窓と、あちらのドアを同じ機能でつなげたとしましょう。ドアを開いて中に入った者はしかし、部屋の中ではなく窓の外に出て落ちてしまうのですよ」

ギーゼロッテは危うくグラスを落としかけ、震えながらローテーブルにグラスを置いた。

「転移魔法、ではないの……？」

「詳しい説明は省きますが、似て非なるものです。転移するその瞬間に膨大な魔力を消費して起動する転移魔法とは異なり、そちらの魔法は常時つながった状態なのです」

ギーゼロッテの混乱に拍車がかかる。

彼女は魔法の実践技術に長けているだけでなく、魔法理論でも第一線の研究者レベルだ。だが実戦で必要な現代魔法の分野に限られていた。

「でも待って。だったらあの男は、転移魔法レベルの魔力を今も消費し続けているというの？」

「いいえ。古代魔法では魔法効果を維持するのに魔力を必要としない場合もあります。あるいは極少量の魔力で事足りるか。いずれにせよ、常識を逸脱するその魔法は古代魔法でなければ説明がつきません」

「あの男は、古代魔法の使い手……」

「おそらくは」

そんな人間が、今の時代にいるのだろうか？　信じられなかった。いや、それよりも――。

「わたくしは、ずっとこのまま……」

古代魔法の使い手など探して見つかるものではない。術者である黒い戦士以外には、誰も。

なるほど、これは確かに悪い報告だ。

絶望が肩にのしかかる。虚無感が心に穴を開ける。だが――。

「悲観なさるにはまだ早いかと、王妃様」

いつの間にかアゴスが近寄っていた。膝を折り、顔を寄せてくる。

「当てがないわけではありません」

「古代魔法の使い手に⁉」

アゴスはこくりとうなずく。

「ただ確実であるとの保証はできかねます。極めて危険ではありますが別の――」

「ん、んんっ！」

言葉の途中で部屋の隅で佇《たたず》む侍女が咳払《せきばら》いをした。「失礼しました」と喉を押さえながら無表情に告げる。

「申し訳ございません。不安を煽るつもりはありませんでした」

妙なやり取りに不審が芽生えたが、今は何より優先すべきことがある。

「いいわ。それより誰なの？」

「一人はグランフェルト特級魔法学院で古代魔法を専門に研究する教授。魔法研究分野においては学院始まって以来の天才と称された女性です。名はティアリエッタ・ルセイヤンネル」

ギーゼロッテも聞いたことのある名だ。しかし興味の薄い分野の研究者であるので、知っているのは名前程度だった。

「その言い方だと、他にもいるの？」

アゴスは静かに告げる。

――ヴァイス・オウル。正体不明の天才研究者です。

その名はギーゼロッテもよく知っていた。

学会に送りつけてくる論文のことごとくが常識外れでありながら、説得力のある内容に研究者たちは大騒ぎしている。

だがその正体は不明。黒い戦士より調べようはあるだろうが、本人にたどり着く要素は今のところ皆無だった。

アゴスも重々承知しているようで、ヴァイス・オウルの正体を暴くにはまだ時間がかかると言う。

「ただ、かの人物は古代魔法に精通しています。であれば研究の第一人者であるルセイヤンネル教授と親交があってもおかしくありません。あるいは教授こそがヴァイス・オウルという可能性もあります。彼女は特に風変わりな女性のようですからね」

「ならまずはルセイヤンネルね。連れてきなさい。今すぐに！」

「招くのは簡単です。彼女は研究のためなら何を捨てても構わないという、典型的な研究者ですから」

しかし、とアゴスは立ち上がって一歩下がった。

「古代魔法に精通した彼女を、はたして〝彼〟は見過ごしているでしょうか？」

「あの男がすでに接触していると？」

「わかりません。ですが可能性がある以上、安易に彼女を招けば――」

「わたくしが魔法の解除に動いていると察知される……」

　そうなれば黒い戦士は黙っていないだろう。『魔法を解除するな』とは言っていなかった。だがその自信が崩される事態になれば、再び姿を現す可能性は十分にある。

「どうするの？」

「これもまた、革命の混乱に乗じてお連れするつもりです」

　肩を竦《すく》めて苦笑いするアゴスに不安が募る。

「あの男がルセイヤンネルに接触しているのなら、王都にいることも考えられるわ。いいえ、あの男が最近になって王都周辺に姿を現したという情報もあるの。なら革命を邪魔しにくるわ」

　息子のライアスは黒い戦士と会ったことをギーゼロッテに報告していなかった。だから彼女はまだ知らない。黒い戦士がすぐ近くにいることを。

「むろん考慮しております。いかに強くとも相手は一人。強大な〝個〟に打ち勝つのが我ら人ではありませんか。体一つで同時に複数の問題は解決できないものですよ」

　アゴスは冷静に言う。

　もとより大きな賭けではあるのだ。今さら後には引けなかった。

「いいわ。決行の日時を教えて。わたくしの力が必要ならいくらでも使われてあげるわ」

プライドなど五年前に捨て去った。この忌々しい首輪を付けられた、あの日に。

「陽動？　それとも囮《おとり》かしら？　なんだってやってあげるわ」

「これは心強い。しかしながら、王妃様には『調停役』を務めていただかなくてはなりません」

「そんなのは事後処理の話でしょう？」

「いいえ、革命の前線にお姿を見せれば関与を疑われかねません。王妃様はあくまで革命とは無関係。王やその後継を失った国を立て直すべく貴族派との調停を推し進めなければならないのです。ゆえにこそ――」

次なるアゴスの言葉に、ギーゼロッテは目を見開いた。

「本日、この場に足をお運びいただいたのです」

「……まさか、今日革命を始めるつもりなの？」

「はい。先にお伝えしたとおり、準備はすべて整っておりますので」

アゴスは一礼して告げる。

「本日の夕刻、王宮で貴族派の重鎮たちが秘密裏に国王と会談する予定になっています。国王に退位を迫るためにね。むろん国王がそれを受け入れるはずはなく、決裂する前提の茶番劇ではありますが」

「聞いていないわ」

「国王にこちらの意図を気取られぬよう配慮してのことです。ご理解ください。重鎮たちには交渉が決裂後に革命が実行されると伝えてありますが、実際にはその最中に開始されます」

そこで王と貴族派の重鎮を一網打尽に葬り去る。

「他、学院内と王都の各所で同時多発的に騒乱を起こします。学院にはそれとは別にルセイヤンネル教授の確保部隊を送りこみ、拉致します」

「黒い戦士への対応は？」

「彼が出てくるとすればゼンフィス卿に絡むところ。すなわち学院に通うハルト・ゼンフィスの周囲でしょう。本日は授業に出席しているのを確認済み。教授確保とは別に、使い捨ての部隊に襲わせます」

「それで時間を稼ぐのね。でも、王宮や別の場所にあの男が現れたら？」

「問題ありません。最優先たる国王の誅伐は革命開始と同時に速やかに行われます。王宮の異変を感じたところで間に合いませんよ」

ですから、とアゴスは指をぱちんと鳴らす。

「王妃様はこちらでごゆるりとおくつろぎください」

侍女がワインの瓶を持ってきて、ローテーブルに置いた。

白い髪に褐色の肌、赤い瞳はやはり異質に思える。

「王妃様は日ごろの公務にお疲れになり、お忍びでこの宿を訪れて心と体を癒していた。王宮に最強の魔法剣士がいない最悪のタイミングで、騒乱が起こってしまうのですよ」

「でき過ぎていないかしら？」

「世の中、不運が重なることは多々ありますよ。王都の騒ぎを感じて赴くのは構いませんが、お急ぎなされぬよう」

「あくまで突発的な事態に対応している風を装えばいいのね？」

「はい。住民の避難などを行っていただければ、黒い戦士も王妃様が関与しているとは考えないでしょう。では、失礼いたします」

深々と一礼して、アゴスは侍女を引き連れ部屋を出ていった——。


アゴスは高級宿を出て裏路地に入る。

先導するのは白髪の侍女。背後のアゴスが声をかけた。

「メルキュメーネス様、先ほどはありがとうございました。うっかり王妃にアレの話をしてしまうところでしたよ。今は妙な期待を抱かせる時期ではありませんでしたね」

「よい。理解しているのならな」

侍女——メルキュメーネスは振り返りもせずぶっきらぼうに返した。

「アレもまだ試作段階。私は幸運にも成功いたしましたが、先ごろはハーフェン家の御曹司が暴走したばかりです。いかに閃光姫《せんこうき》といえども耐えられるかどうか……」

「我らが主《しゅ》の恩恵は幸運などという不確かなものに左右されるものではない。主に認められるかどうか、それだけだ」

「……そうでしたね」

メルキュメーネスは人の気配がまったくなくなったところで立ち止まると、赤い瞳をアゴスに向ける。

「予定どおり我は王都を離れる。以降は汝《なんじ》に任せた」

「承知いたしました。長らく侍女の真似事をさせてしまい、申し訳ございませんでした」

「それもよい。我のような小娘の姿で貴族社会にて立ち回るのは難があったからな。汝はよくやってくれた」

「ありがたきお言葉にございます。ときにメルキュメーネス様、ひとつ確認をよろしいでしょうか？」

「許す。憂い事があるなら申してみよ」

アゴスは居住まいを正して問う。

「黒い戦士とやらが現れた場合――」

「殺せ。不要な存在だ」

メルキュメーネスは表情を崩さず告げた。

「しかし古代魔法を操るとなればその能力は稀少《きしょう》です。魔族返りの人か、魔族か。いずれにせよ利用価値はあろうかと」

「人にしろ魔族にしろ、下等種を使役するのは許そう。利用するのも然り。だが主の御業たる古代魔法を下賤《げせん》なる種が扱うのであれば見過ごせぬ。発見次第ではない。捜し出して殺せ」

「では、もし奴が我らの同胞――〝魔人〟であったなら？」

「あったとして、なんだというのだ？　仮に彼奴《きゃつ》が魔人であるなら、〝魔神〟ルシファイラの名を冠する教団に接触してこぬ以上、志からして異なるものだ。我らが宿願――『魔神復活』の妨げにしかなり得ぬ」

赤い瞳に射竦《いすく》められ、アゴスは深々と頭を下げた。

「失礼いたしました。我が浅慮に恥じ入るばかりです」

「よい。汝は我のように魔神より生まれ出ずる純血種とは違う。人をやめて間がないゆえな。人の血肉に宿る我欲を拭うには時間がかかろう。個を捨て、魔神に尽くす。想念を塗り替えるのに腐心せよ」

「……肝に銘じます」

「期待している」

メルキュメーネスの背に、コウモリのような巨大な翼が生えた。

ばさりとひとつ、翼をはためかせる。

少女の体はそれだけで高い建物を越えて浮き上がった。騒ぎにはならない。他者の意識をすり替える魔法効果で彼女の姿は鳥にしか見えないからだ。

メルキュメーネスは見下ろしもせず、建物の向こうに姿を消した。

（ふん。人形ごときが偉そうに）

アゴスは内心で毒づく。

彼女の実力はかつての魔王に匹敵するものだ。個ではアゴスを圧倒する。しかし魔神復活のために作られた操り人形に過ぎないとアゴスは見下していた。

（奴には『生存特化』の機能が付けられている。魔神復活のため、無様に生き残るしか能のない女だ。ゆえにあれだけの実力を持ちながら、この大事な局面で不測の事態に怯《おび》えて逃げ出した）

だが自分は違う。

（人として生き、魔神の力を得て人から昇華した存在だ）

ただ命令に従うことしかできない生粋の魔人よりも、柔軟な思考とそれに基づく行動ができる分、魔神の役に立つと信じて疑わなかった。

いずれ実力でも彼女を上回り、魔神復活が果たされれば取って代わる腹積もりだ。

「今は使われてやる。王都住民の血を捧げ、我が主を復活させるのだ！　ふは、ふははははっ！」

アゴスは哄笑《こうしょう》を引き連れて歩き出す。

革命の刻《とき》は、すぐそこまで迫っていた――。

★

世の中すごい奴がいたもんだ。

監視を強化していたギーゼロッテが珍しく外出したので跡を付けてみれば、高級ホテルで男と密会しているではないか。

すわ不倫か⁉　家政婦じゃないけど俺は見た！　とかドキドキしていたら、相手の男がなんだか妙だ。

見えない。

俺の改良型『ミージャの水晶』でもそいつの魔法レベルや属性がまったくもって。

こんなこと、怪物と化したシュナイダル先輩くらいだぞ。

しかも密会していた部屋の周囲には結界が張ってあり、これがまた見事なもので隙間がまったくない。壊せそうだがそれでは相手に気づかれてしまう。

仕方なく外から聴力全開で盗み聞きしていたものの、密会の後半部分がどうにか聞き取れた程度だ。

でもそれが実に驚くべき内容だった。

どうやら国王の命を狙っていて、『革命』とやらを今日実行するのだとか。ついでにティア教授まで拉致されそう。

一大事ですやん？

さてどうすんべ、と部屋に残ったギーゼロッテには監視用の結界を置いて放置。

俺は男の動向を窺《うかが》うことにした。

ただ、男がメイドさんと出かけてから『おや？』と首をひねる。

二人の会話は小さすぎて把握できなかった。

でも雰囲気的にメイドさんのほうが偉そうだったんだよね。こいつも魔法レベルが見えなかったし。

そうこうするうちメイドさんは翼が生えて飛んでいく。すると結界も彼女と一緒に空の上。

ちょっと考えた末、俺は彼女を追うことにした。

でもめっちゃ速い。

ものすごい速度で空を駆ける羽の生えたメイドさんを追いかけ、王都の外まで行っちゃいましたよ。

まあこっちには気づいてないみたいだし、いつものように不意打ちしておくか。

☆

メルキュメーネスは王都の北へ向かっていた。

といってもそちらに何か目的があるわけではない。

彼女はただ、王都から離れるためだけに飛んでいた。

(もうすぐ……あと僅かだ)

王都が血に染まる。

多くの者が恐怖し、怯え、嘆き、息絶える瞬間に怨嗟《えんさ》を吐き出すだろう。

数多の魂は天に還ることなく、王都全域に施した特殊魔法術式によって吸い上げられるのだ。

吸い上げられた負の感情や魂といったものは、自身につながる伝送魔法術式でメルキュメーネスの身に送られる。

そうして膨大なエネルギーと化したそれらを使い、

(ようやく、この身にこのい、いかい我が主が降りたもう)

彼女は魔神より生まれし生粋の魔人だ。

最終目的は、その身を依り代にして魔神の復活を果たすこと。

そのために多くの時間、労力を費やしてきた。

教団を設立し、信徒を増やした。神への祈りはそのまま魔神の力となる。

人に自らの血肉を与え、同胞たる魔人をいくつか作った。彼らは魔神復活後も忠誠を尽くす。

歳を取らぬ彼女は目立たぬように、陰で暗躍してきた。

それも、もうすぐ終わる。

王都が血に塗れれば、儀式は完了するのだ。

それを間近で確認しないのには理由があった。

メルキュメーネスは魔神の依り代である。

ゆえにその身が滅することがあってはならない。そのため彼女には、『生存特化』の機能が埋め込まれていた。

どんなに無様でも生き残る。魔神をこの身に降ろすまでは。

最強の剣士ギーゼロッテであろうと王都を守る騎士どもであろうと、脅威になるとは思えなかった。

しかし万が一の事態があってはならないのだ。

予測できない危険は完全に排除する。ゆえに騒乱が始まる前に王都を脱し、安全な場所で魔神が降りてくるのを待つことにした。
もっとも、危険など微塵《みじん》も感じていない。
ただほんのわずか、気になることがあるとすれば――。

ぞわりと悪寒が走った。

考えるより先に緊急の回避行動を取る。彼女の特性の為せる業だ。
生存に特化した機能はあらゆる危機を察知する。対応できる実力も備えていた。
ゆえに不意打ちや騙し討ちは通用しない。
続けて、展開していた結界が破られたと感じる。
そちらに体を向けると、全身が黒に染まった何者かがいた。
「よく避けたな。結界の外からなら気づかれないと思ったのに」
「貴様、は……」
黒い戦士。シヴァと名乗る男だと即座に認定した。
しかし、アレは――。
(なんだ……、なんなのだ？　あの裡《うち》に渦巻く異様な魔力は……)
あり得ない。

生存特化の魔人であるメルキュメーネスだからこそ認識できた異常。

(桁が違う。我ごときでは到底届かぬ領域だ。アレは、まさか——)

逃げる以外の選択肢がなかった。

それほどに強大な存在と対峙《たいじ》してしまったのだ。

身をひるがえした。

全魔力を『飛行』に注ぎ、音速を超えて逃亡を計る。だが——。

「あ、待て!」

片翼をつかまれた。否、何かが貼り付いた。

「逃がすかよ。名付けて『バンジーゴム』。伸縮性のあるゴム状の結界はくっついたら最後、いくらがんばっても剝がれないという——って、あれ?」

翼を引きちぎる。

飛行速度は落ちるが今はいい。とにかくこの場を離れたかった。

「思いきり良すぎない? むぅ、これ以上は王都から離れたくないし、仕方ないか。もう一人を狙おう」

そんな独り言にも安堵《あんど》することなく、メルキュメーネスはがむしゃらに飛んだ——。

★

逃げられちゃいました（てへぺろ）。

言ってる場合ちゃうがな。

えー？　どうしよう？　追えばどうにかなりそうだけど、連中の悪だくみが開始されては本末転倒だ。

王都から離れるってことは、たぶんあのメイド女はもう用済みとかそんな感じなんだろう。逃げの一手がその証。実際、弱かったしな。

だからまあ、放っておいてもよさげに思う。たぶんね。

ところで――。

「これ、なんだ？」

ほっそーい無色透明の糸みたいなのが、俺の前をふよふよ漂っている。メイド女が逃げた方向へ続いていて、逆を辿ると王都へ向かっている。

王都のどこかとメイド女をつなげる何かだろうか？

気を抜くと見えなくなるんだけど、ま、俺でなくちゃ見逃してたね。

なんだかよくわからんが、目の前にあるなら放っておく理由がない。

ちょきん。

切ってみました。

しーん。

なにも起きません！

いや、起きてはいるんだけどね。

透明な糸はしばらくふよふよしていたけど、切り口からしゅわしゅわーって消えてなくなったのだ。なんなんコレ？

ま、いっか。

本命はたぶん、ひげの紳士さんのほうだ。あいつのがきっと強い。たぶん。

とりま俺は王都へ踵《きびす》を返す。

奴らの言う『革命』とは、具体的に何をしでかそうというのか？

現状、王都はどうなっているのか？

それらを確かめるべく、俺は板状結界を無数に生み出し、王都へ飛ばしまくるのだった――。

☆

グランフェルト特級魔法学院の敷地は広大で、人の寄り付かない林がいくつもある。

うちひとつのぽっかり開けた場所。放課後でも生徒たちは見当たらない。

そこに集まる三人娘。

「匂うな」

「匂うですか？」

赤髪メイドなフレイが鼻をひくひくさせると、シャルロッテもくんくんした。だが草木の香りがするだけだ。

「この手の感覚は種族による。私は鼻で、リザのような竜種は――」

目を向けられ、リザが応える。

「わたしは色。うっすらと灰色の靄《もや》がかかってる。ハルト様に『学内を注意しろ』と言われてなければ見逃してたかも」

「ふふん、私はこのくらいの匂いを逃さんぞ？　ここに立った瞬間つーんときたからな」

フレイもリザも魔族の特徴たる耳や角、尻尾を光学迷彩結界が見えなくしている。

「なるほど。わたくしは探知魔法が不得手なのでさっぱりですけど、とにかく何かがあるのですね」

「うん。この場所に大規模な魔法術式が刻まれてる」

「隠蔽もなかなか手が込んでいるな。探知魔法でも二流どころでは発見できまい。しかも地脈を利用して術式を維持しているようだ。作ったのはここ二、三日といったところか」

「そこまでわかるのですか。すごいです」

「フレイム・フェンリルの鼻を舐《な》めるな。もっとも、どんな魔法が発動するかは知らんがな」

シャルロッテがきらんと瞳を輝かせた。

「きっとこれは、闇の組織の悪だくみに違いありません」

「そう、なの？」

「ナンバーズとかいう裏生徒会的な集団の背後で大きな組織が暗躍しているのは確実です。ナンバーズを隠れ蓑に、何かしら大きな企みをしているのでしょう」

「ナンバーズ……あの妙ちくりんな学生集団か。奴らの仕業ではないのか？」

「ティア教授のお力添えで拠点とメンバーを突き止め監視していますけれど、ここ数日で目立った動きはありませんでした。また彼らがこれほど高難度な魔法術式を組み上げられるとも考えられません」

フレイが顎に手を添えてつぶやく。

「この匂い、他でも嗅いだことがあるな」

「なんですと！　どこですか？」

「王都の西側に大きな墓地があるだろう？　そこを通りかかったときにな。中には入っていないので確証はないが」

今度はシャルロッテが顎に手を添えた。

「むむぅん……。複数の場所で同じような魔法術式、ですか。他にもありそうですね」

「よし、ならば私が探してきてやろう」

「「えっ」」

二人が止める間もなく、

「空は飛べぬが我が健脚、疾風のごとし！」

フレイはぴゅーんと駆けていなくなった。

シャルロッテとリザは呆然《ぼうぜん》と見送ったあと。

「……とりあえず魔法術式の解析をしましょうか」

「ん。ティアに『鑑定装置』を借りてくる」

リザが体を浮かせようとしたのをシャルロッテが手で制す。

「大丈夫です。すでに兄上さまから良いものを授かっていますから」

腰の小さなポーチに手を突っこむ。肘までが中に収まり、明らかに底を突破するほど奥をごそごそまさぐって。

「じゃーん！　これぞ兄上さまの新魔法具、『解析《わか》るんです』です！」

取り出したのは見た目使い捨てカメラな物体だった。

リザがぷるぷると震える。

「……まさか鑑定装置を、作ったの？　というかそのポーチは何？」

「こちらはその名も『四次元ポーチ』です。なんでも無限に収納できるものですね。これも兄上さまが作成されました」

「どうやって⁉」

鑑定装置の仕組みはブラックボックスで現代では再現できない神代の遺物のはず。四次元ポーチなるアイテムも謎すぎる。

「兄上さまですから」

「うぅ、それで納得するしかないのかな……」

「仕組みを調べるのは今後の研究課題にするとして」

シャルロッテは魔法具のレンズ部分を上にして地面に置いた。

魔法具に手をかざして魔力を練り上げる。小軀《しょうく》がほんのり光を放つ。魔力を続けて流すと、魔法具のレンズから光の帯が現れた。

光の帯は扇形に広がって、そこに文字が映し出される。

神代語ではない。現代の意味ある言葉が羅列していた。

「さすが兄上さま。わたくしがせっせと作った現代語への変換表を完璧に組みこんでいますね」

「どっちもすごいと思う。あれ？　でもこれって……」

リザが睨《にら》むように文字を読み進める。

シャルロッテも珍しく表情をこわばらせた。

「はい。これは……倫理的にも道義的にもアウトな魔法術式ですね。それに――」

「誰っ⁉」

リザが突如叫んだ。冷気が辺りを包む。

瞬時に戦闘態勢を整えた彼女が睨む先。林の中から、一人の女子生徒が姿を現した。

「驚かせたなら謝ろう。害意はない」

白いポニーテールを揺らめかせて歩み寄ってくるのは、イリスフィリアだった。

「イリスさん、どうかしたのですか？」

「それはこちらのセリフだ。キミたちはいったい何を――ッ⁉」

扇形の光の帯に連なる文字を読み、イリスフィリアは驚きに目を見開いた。

「これは……ここに設置されていた魔法術式の正体か？」

「知っていたのですか？」

「設置されていることはね。けれど術式は巧妙に隠蔽されていた。まさかこれほどおぞましいものだとは知らなかったよ。マズいぞ。同じものが王都の各所に設置されている。こんなものが一斉に起動したら――」

「場所がわかるのですか⁉」

「へ？　あ、ああ。ここと王都の西側にある共同墓地、南の大聖堂前にある公園。それに王宮前広場の四ヵ所だ」

学院は王都の東側地区にある。王宮は王都のど真ん中なので、北を除いた広範囲にわたってい
た。
「ところでそれ……鑑定装置なのか？　やけにコンパクトだし、結果を現代語で表示させているし
……」
「今は『はい』とだけお答えしておきます。こちらも疑問なのですけど、どうして術式の場所がわ
かったのですか？」
「……ボクは現在魔法レベルが極端に低いけれど、魔力の感知は得意なんだ。放課後、配達のアル
バイトで王都中を駆け回っていて気づいた。王都防衛のための何かだという可能性もあったから、
どう対処すべきか悩んでいたのが悔やまれるな」
「アルバイト、ですか。いいですね、わたくしも一度は経験したいものです。それに珍しい特技を
お持ちですね。魔力感知がお得意……魔族返りか何かでしょうか？」
「……さあ？　どうだろうね」
シャルロッテに悪気はなさそうだ。魔族返りが迫害対象だとは知らないのだろう、とイリスフィ
リアは話を戻す。
「それよりこの魔法術式だ。離れた場所に複数設置し、連動して同時に起動するとある。となれば
その意図は――」
「はい。王都の警備網を分断する狙いでしょう。おそらく本命は唯一設置されていない王都の北地

区……と思わせて、実は王宮な気がします。なんだか思っていた以上に大変な事態が⁉」

稀代の素質を持ってはいても、まだ十一歳のお子様だ。シャルロッテはあわあわおろおろと右往左往。

「はっ⁉　いけません。こういうときこそ落ち着きませんと」

すーはーと深呼吸。両手でパンッと頬を叩いた。

「痛いです……」

「大丈夫？　シャルロッテ様」

真っ赤になったほっぺたにリザが手を添える。ぽわっと光を帯びて痛みと痺《しび》れが引いていった。

「ありがとうございます、リザ。落ち着きました。ではさっそく対策を考えましょう」

「え、あのお方に相談するんじゃないの？」

ちらちらイリスを気にしつつ言葉を濁すリザ。

「あのお方……？　ああ、シヴァですか」

シャルロッテはふるふると首を横に振った。

「おそらくこれは我ら〝シヴァを見守りその偉大さを世に知らしめつつ陰ながらお手伝いする会〟――ベオバハターあらため『キャメロット』に対し、シヴァより与えられた試練でしょう」

きりりっと決め顔でシャルロッテは続け、

「我らキャメロットが真に彼の盟友足り得るか、見極めんとしているのです！」

さらにヒートアップする。

「今ごろシヴァはもっと大きな敵——神的な何かと対峙しているのかもしれません。きっとそうです。ええ、彼にとってちゃちな魔法術式など些事《さじ》。ちょちょいのちょいで解決できるはず。それをわたくしたちに——」

「ええっと、あのその……シャルロッテ様？」

リザがちらちらとイリスフィリアを窺っている。

彼女は彼女で真摯にシャルロッテの言葉に耳を傾けていた。

「ん？　リザ、どうかしましたか？」

「キミたちは、シヴァ——あの黒い戦士の仲間なのか？」

「あ」

部外者がいるのをようやく思い出し、シャルロッテはこほんと咳払いをひとつ。てくてくイリスフィリアに近寄って、その手を握った。

「内緒にしてもらえますか？」

キラキラした瞳で見つめられては、こう答えるしかない。

「……うん」

「ありがとうございます！　では気を取り直しまして、魔法術式への対策を話し合いましょう！」

「「あ、うん……」」

元気いっぱいに言われては、さすがの二人もうなずくしかなかった――。

☆

「しかし冷静に考えて、ここは学院なのだから教師に頼るべきでは？」

言葉のとおり冷静になったイリスフィリアが言う。

「これほど巧妙に隠蔽された魔法術式です。『どんなものか』を説明し、納得してもらうには時間がかかるでしょう。簡易解析魔法具の『解析るんです』は明るみにできませんし、時間がありません」

「時間がない？」

イリスフィリアは光の帯に並ぶ文字を注視する。

「時限式ではないようだけれど……ん？　今日の夜には自然消滅してしまうのか」

「はい。そう最適化されています。それはすなわち『今夜までに起動する』意図の表れでしょう。残念ながら『いつ』かはわかりませんけど、今この瞬間、起動してもおかしくありません」

術者が遠隔で起動させるとあるのだが、術者が誰でどのような手法、タイミングかは記されていなかった。

「起動させないためには術式を破壊するのが最良だ。それとて一筋縄ではいかないだろうけれど、ひとつを破壊するとそれを契機に他の魔法術式が一斉に起動してしまう。やっかいだな」

イリスフィリアとリザが難しい顔をする中、

「なら四つ同時に破壊しましょう」

シャルロッテはあっけらかんと言い放つ。

しかしイリスフィリアは少女の瞳に揺るぎない信念を見た。

(知っている。アレは無根拠な妄言とも、無垢《むく》なる期待とも異なる性質からくる自信だ)

手札から導き出されるあらゆる手法を考慮し、いくつもの最良手が用意できた者のみが到達する境地。

かつて自身を滅ぼした最優の戦乙女——閃光姫と同じだった。

(いや、魔王《あのとき》と対峙した彼女よりも自信にあふれている。なんなんだ、この子は……)

理由は明らか。

シヴァという絶対的な存在を、彼女は信じて疑っていない。

水が高所から低所へ流れる不変の摂理を信じるがごとく。むしろ摂理に反しても成し遂げるとの信頼の為せる業か。

(きっとこの少女は、彼を深く知る人物だ)

その正体にすら迫っているのかもしれない。

（知りたい、ボクも）

だが自分にはまだ資格がない。そう痛感させられるほどの潜在能力《ポテンシャル》を、まだ十一歳のシャルロッテは持っていた。

「ん～……でも手が足りませんね」

リザとフレイは力任せでどうにかなる。シャルロッテにも秘策があった。

しかし四ヵ所に対して三人だ。シヴァには頼れない。

「リザ、ここの魔法術式を起動できない状態にしたうえで、遠隔操作で破壊することはできますか？」

「できる……と思う。けど地脈がすでに使われているから、維持するにはわたしがここから離れられなくなる」

「維持を誰かに頼めばできますか？」

「魔法レベルが高ければ。最低でも30は欲しいかな？　もしくは20程度が二人」

「ティア教授にお願いしましょう」

「彼女はダメ。あの人、起動したところを見たがると思う」

「そ、そうなのですか？」

「絶対」

うーんと悩む二人に、イリスフィリアが声をかけた。

「ボクに当てがある。まだ学内にはいるはずだ。誘ってもいいかな？」

シャルロッテは一瞬きょとんとしたものの、にっこり微笑んで言った。

「もちろんです。兄上さまのご友人が推薦されるのですから」

つられてイリスフィリアの頬も緩む。

「ではこちらは頼むよ」

自己強化した彼女は疾風のごとく林の中へ消えていった。

「フレイに状況を説明しておきましょう。彼女には墓地の魔法術式を破壊する準備をしてもらいます」

「わたしはここの破壊準備をしたら、ここから一番近い王宮前に行けばいいかな？」

「そうですね。ではわたくしは南の大聖堂に」

「わかった。じゃあ、始める」

リザは静かに呪文を唱え、冷気をその身にまとうのだった——。


イリスフィリアは二人の生徒を連れて戻ってきた。

うち一人の男子生徒が林の中の光景を見て叫ぶ。

「なんだこりゃあ⁉」

愕然《がくぜん》としたのはライアスだ。その横にはマリアンヌがいて、同じく驚きに目を見開いていた。

三メートルほどの氷の〝杭《くい》〟が、いくつも地面からわずかに離れて浮いていた。今にも突き刺さるというところで停止している。

地面に打ちこんで術式を破壊するリザの魔法だ。

「マリアンヌ王女！　マリアンヌ王女ですね。お久しぶりです！」

シャルロッテは戸惑う王女の手を取ってぴょんぴょん跳ねる。

「もしかしてシャルロッテちゃんですか？　まあ！　大きくなりましたね」

「はん、ちんちくりんがそのままでっかくなっただけだな。てかコレ、お前がやったのかよ？」

ぎろりと上から威圧するライアスに、シャルロッテは目をくりくりさせた。

「どなたですか？」

「ライアスだよ！　姉貴と一緒なんだから気づけよ」

「……成長促進？　そんな魔法があったとは驚きです」

「ねえよ！　ふつうに育ったんだよ！」

「そんなことよりライアス王子」

「くっ、やっぱこいつまったく変わってねえ……」

ぐぬぬするライアスを気にした様子もなくシャルロッテが言う。

「こちらの魔法の制御権をあなた方に委譲します。よろしいですか？」

「あ、ああ。イリスから話は聞いてるけどよ……」

正直実感が伴わない。

貴族派が台頭しつつあり国内はぐちゃぐちゃのドロドロではあるが、王都に混乱……いや騒乱を招くような企てが進んでいるなんて。

（けどまあ、シヴァって野郎が絡んでるんだよな……）

救国の英雄にして王妃たる母ギーゼロッテが警戒する男だ。子どもの妄想と切り捨てるには躊躇《ためら》われた。

（それに、あの魔法って『氷結の破城杭《はじょうこう》』だよな？）

魔法レベル30以上が使えるランクB相当の魔法だ。それをあの数作り上げるには、術者はレベル40オーバーに違いない。お遊びと一笑できるものではなかった。

「いいぜ。やってくれ」

ライアスが自身の魔力を高めると、体に冷気が絡みついた。瞬間――。

「ぬおっ⁉」

練り上げた端から魔力が吸われていく。

「ちょ、こんなん無理だっつーの！」

弱音を吐くライアスに一喝が飛ぶ。

「気を強く持ちなさい、ライアス！」

とたん、魔力の吸引が弱まった。

「私も手伝うのです。二人がかりでなら、なんとか……」

言いつつも、マリアンヌも眉間にしわを寄せて余裕がなかった。

彼女が伸ばす左手の甲、王紋が光を帯びる。

ライアスの背もシャツ越しに光り輝いた。

王紋は魔力を増幅する力を持つ。輝いたときにその力を発揮するのだ。

ちなみにハルトの王紋が光ったことは一度たりともない。増幅しなければならない状況に、至ることがなかったからだ。

（か、カッコいいです。わたくしも欲しい！）

シャルロッテは王紋に目を奪われたものの、おや？　と首をひねる。

（あれ、兄上さまにもありましたよね？）

幼いころ、一緒にお風呂に入ったときに目にしたものと酷似している。左胸の、正義の印。

なんでだろうと不思議に思うも、今はそれどころではないとぶんぶん首を振る。

「リザ、どうですか？」

「ん。制御が安定した。杭を打ちこむのはわたしが遠隔でやるから、維持だけに集中して」

「早いとこ頼むぜ。夜まではもたねえぞ」

こくりとうなずいたシャルロッテは四次元ポーチに手をつっこんだ。

引っ張り出したのはピンクでふりふりの衣装だ。

「……おい、何やってんだよ？」

「わたくしも戦闘モードに移行します。よい……っしょと」

「でぇ⁉」

いきなり服を脱ぎ始めたので、ライアスは慌てて目を逸らす。

一方イリスフィリアは愕然とした。

「というか、そのポーチの容量以上の物が出てきているのだけど……？」

「細々した説明は後ほど。リザ、ちょっと手伝ってもらえますか？」

シャルロッテはリザの手を借りえっちらおっちらと着替えを完了。

「正義の魔法少女イモータル☆シャルちゃん、死の運命《あなたのなやみ》をぶちのめ《かいけつ》します♪」

マジカルステッキっぽいものを持ってポーズを決めた。

「急げっつってんだろ！」

「わたくし、これを着なければ空を飛べませんから」

衣装にはハルトが様々な機能の結界を仕込んでいるのだ。

「といいますか、言外にそこはかとなく殺伐とした雰囲気があったのですが……？」

マリアンヌの疑念に「気のせいです」としれっと返したシャルロッテ。

「みなさまにはこれを」

腕時計型の通信魔法具をイリスフィリアに渡し、ライアスとマリアンヌに嵌《は》めて回った。

リザともどもふわりと身を浮かせると、

「では、わたくしたちは他の魔法術式の破壊へ向かいます。がんばってくださいー！」

ぴゅーんと林を越えて飛び去った。

「使い方の説明くらいしていけよ……」

零した彼の腕がぴこんと光り、

『今から説明します』

「どわっ⁉」

眼前にシャルロッテの顔が表示されて心底驚く。

「もうどうにでもしてくれ……」

もろもろの疑問を解消するのは後回し。今は状況を受け入れるしかないと諦めるライアスたちだった——。

★

なるほどねえ。

同時多発テロを敢行して王都を混乱させ、それを利用して『革命』とやらをやろうって魂胆か。

しかしこのギリギリのタイミングで魔法術式のひとつを突き止め、それを解析して連中の企みを看破したシャルってば……本当に恐ろしい子！

とりまシャルたちが林の中で話すのを眺めながら、連中の企みを考える。

王妃も絡んだ大規模なクーデターだ。

えらいこっちゃですね。

なんも知らずに過ごしていたら、王都がハチャメチャな事態に陥るところだった。

でも、俺は知った。

俺の身はひとつだが、王都に散らばった四つの魔法術式を無力化するのはなんとかできそう。結界で術式を丸ごと閉じこめちゃえばいいものね。

たとえば空飛ぶ褐色メイドクラスの奴らを四ヵ所で相手しなくちゃとかだったら、さすがに対応は難しかっただろうけど。あいつ弱いけど逃げ足だけはすごかったしなあ。

というわけで、さくっと術式を無力化しようとしたものの。

『王都のピンチです、兄上さま。わたくし、がんばります！』

魔法少女に扮《ふん》して宙を翔《かけ》る我が妹は、キリリと真剣な表情ながら、つぶらなオメメをキラッキラに輝かせていた。

悪の巨大組織の企みを、なんとかして阻止したい。

その愛らしい手で。

仲間たちとともに。

「わかる、わかるよシャルロッテ」

今のお前は正義の魔法少女。めっちゃアゲアゲなんですよねー。

すでに彼女らは走り出している。

作戦を定め、役割を決め、配置につこうとしているところだ。

ここで俺が四つの魔法術式を無力化したら、シャルたちの努力とやる気は水の泡。テンションだだ下がりまっしぐら。

さすがは兄上さまですねー（棒）。

などという感情のない称賛を浴びて満足か？　俺よ。

いや全力で回避すべき事態だ。

となれば、俺がやるべきは――。


裏方に徹する。

王都に住まう皆さまの安全を確保しつつ、シャルたちの手によって王都が救われたとプロデュースするのだ。

俺は今、茨の道を進もうとしている。
だが安直な方法で事態を解決しても、得られるのは虚しさだけだ。
ゆえにこそ、あえて進もう茨の道を。
我が妹のために——うん、決まったな。

おまけ幕間　アルバイト戦士、イリス

王都を拠点として王国内全土に展開する宅配事業者、『白犬急送』は業界トップをひた走っていた。

イリスフィリアは週五回、放課後になると王都中心街にある本社屋へと足を運ぶ。

「おう、来たか。今日は西地区のヘルプを頼む」

彼女はアルバイトの立場であるからか、王都内の各営業所を行ったり来たり。

「初めての営業所だが、お前さんなら大丈夫だろ。あっちに話は通してあるよ」

ざっくりとした場所を教えられ、さっそく王都西地区へ走った。

「あんたが噂《うわさ》の有能アルバイトか。んじゃ、さっそくこの辺のを頼むぜ」

ろくに説明もなく、多くの荷物を指し示される。

しかし彼女も慣れたもの。

てきぱきと背負子に荷物を積み、ロープで縛って持ち上げた。

「お、おう、力持ちだな。てか、歩いて配んのか？　あんた用の荷馬車は用意してあるぞ？」

「必要ない。この量なら一人で運べる」

「さすがは特級魔法学院の学生さんだなあ」

「そういうわけでは、ないのだけど……」

イリスフィリアの現在魔法レベルは同年代の一般人と比べても平凡だ。

もともとの身体能力が一般レベルを超えていて、少ない魔力を効率的に身体強化に利用しているからに他ならない。

「おっと忘れてたぜ。この辺りの地図だ」

差し出された紙を、

「王都の地図は頭に入っている。それにこの辺りは、何度か来たことがある」

イリスフィリアは受け取らなかった。

「では行ってくる」

イリスは大荷物を背負い、営業所を後にした――。


迷うことなく、淡々と荷物を配っていった。

すべて配り終わったころには大きく陽が傾き、城壁の向こうは茜《あかね》色に色づいていた。

営業所へ戻る道すがら。

「せっかくだから、寄っていこうかな」

低い壁に囲まれた、広い敷地に足を踏み入れる。

王都西地区にある、共同墓地だった。

空になった背負子を負った白髪の美少女を、墓参りに来ていた人たちは怪訝《けげん》そうに窺《うかが》う。

注目されているのにも気づかず、イリスフィリアは奥へ向かった。

彼女に身寄りはなく、天涯孤独の身。

ゆえに身内が埋葬されているわけではなかった。

しかしここには、以前の彼女に関係する人たちが葬られている。

墓地の中心部に、ひと際大きな墓石がそびえていた。

慰霊碑だ。

かつて魔王討伐に参加し、命を落とした者たちの霊を慰め、その功績を讃《たた》えるもの。

(ボクに資格がないのはわかっている)

あの戦いで魔王自身は誰も殺していない。一方的に攻めこんできたのは人族側だ。

だがあの忌まわしくも不幸な事件を忘れないためにも、彼女は祈りを捧《ささ》げた。


いつか、人も魔も互いに笑い合える日が来るように、と。


(そのために、ボクは魔族であることを捨てたのだから……)

けれど、とイリスフィリアは踵《きびす》を返してとぼとぼ歩く。

転生は、成功したとは言い難い。

最大魔法レベルは以前に比べてかなり低く、しかもレベルが閉じてしまったのか現在魔法レベルは【5】から一向に上がる気配がなかった。

どうにか国内最高学府に入学できたものの、周りは強者ぞろいで出世の道が険しいとの現実を突きつけられるばかりだ。

人の社会に身を置き、中から魔族への差別意識を変えたい。

そんな想いで転生したのに、こんな体たらくではかつての仲間たちも呆《あき》れてしまうだろう。

と、歩くうち、妙な気配を感じた。

「？　これは……なんらかの魔法術式だろうか？」

間違いない。墓地の一画に、大規模な術式が刻まれている。

覚えがあった。

学院内の林の中にも、同質の魔力で構築された魔法術式があったのだ。他にも二ヵ所、同じものを知っている。

つい最近作られたものらしいが、どんな魔法が発動するのかはわからない。だから目的も知れなかった。

王都防衛のための何かなのか、あるいは――。

考えたところで、今の自分に何ができるわけでもない。

とはいえ放置するのも気持ちが悪かった。

どうすべきか、思案しながら共同墓地を出た、そのとき。

「匂うな」


小さなつぶやきにハッとする。

「つーんとくる、不快な匂いだ。敷地の中か。たしかここは墓地だったな」

燃えるような赤い髪をした、メイド服の女性だ。

「しかし今の私には関係ない。裏生徒会なる組織の情報を集めねばならんからな。だが、うん、果たして学外でどれだけ集まるか。うーむ……」

後ろ姿で容貌は確かめられないが、彼女が発する魔力は――。

（魔族の、ものだ。しかもこの魔力は――）

とても、懐かしい。赤く燃えるような体毛を持つ、巨大な狼《おおかみ》を思い出す。

（まさか……。いや、王都の中心部に彼女がいるはずは……）

人の姿で、ましてメイド服を着て闊歩《かっぽ》している理由にさっぱり見当がつかなかった。

「悩んでいても仕方がない。そこらの誰かを尋問しよう。そうしよう」

メイド服の女性は足早に歩き出す。

「あ、ちょ、ちょっと待――」

しばらく放心していたイリスフィリアは、女性の背を追った。

女性はずんずん進み、角を曲がる。

仮に女性が何者かを確かめたとして、なんになるのか？

迷いながらも同じ角を曲がると。

「お？　イリスじゃないか。なにやってんの？」

馴染《なじ》みの男子にばったり出くわし、面食らった。

「ハルト？　キミこそ、こんなところで何をしている？」

彼はふだん滅多に出歩かない。むしろずっと寮に引きこもっている。授業が終わればすぐさま寮に戻り、ティアリエッタの研究棟にも用がなければ近づかない男だ。

「ん？　ああ、いや、知り合いが、な。ちょっと心配で」

「知り合い？　迷子にでもなったのか？」

「いや、どこにいるかは把握してるっていうか、あいつが何かやらかさないか見守ってるっていうか」

言葉を濁すハルトに疑問が浮かぶも。

「てか俺の質問はどうした。なんか妙なもん背負ってるけど」

「ボクは配達のアルバイト中だ。ちょうど荷物を配り終わって帰るところだよ」

彼の背後に目をやると、すでにメイド服の女性の姿は見えなかった。

「そっか。お互い大変だなあ」

ぽんと肩に手が置かれる。

背筋が凍るような、それでいて業火に放りこまれたような、形容しがたい底知れぬ魔力。

かの閃光姫《せんこうき》をも遥《はる》かに凌駕《りょうが》する、『圧』があった。

（あの黒い戦士と同質のもの……もはや『同じ』と言っても差し支えないほどだけれど……）

彼とハルトが一緒にいるところを、イリスフィリアは目撃している。

（ただ、あのときのハルトは今のようではなく、まったく魔力を感じなかった）

ハルトはときどき——最近は一日置きに、魔力がありえないほど高いときとまったく感じられないときがある。

本人に尋ねても『調子が悪い日ってあるでしょ？』と返されるのみで疑念は晴れない。

ならば、となぜかたまに学内を歩き回っていたシャルロッテに訊《き》いてみると、『あなたが真なる騎士ならば、いずれ疑問は氷解するでしょう』とよくわからない回答をされた。

ただ、仮に黒い戦士とハルトが同一人物だとすれば、まったく同じ姿をして性格もそのままな人物が二人いる、新たな謎が生まれるのだ。

（あれは双子なんてレベルではない……）

魔力以外、仕草も言動もまったく変わらないのはさすがに『双子』では説明がつかなかった。

「どうした？　難しい顔してるぞ」

いつか、黒い戦士の正体を知ることができるのだろうか？

そして——。

「なんでもない。それじゃあ、ボクは行くよ」

「ああ、またな」

踵を返したハルトの背を見つめながら、思う。

（いつか、ハルトにも認められるだろうか……？）

肩を並べる、友として——。

第四章　王都、騒乱

——革命の刻が、迫っている。


ルセイヤンネル博士の拉致部隊は彼女の研究棟を包囲していた。

「ライアス王子とマリアンヌ王女が学内の魔法術式で妙なことをしている？」

林の中に身を潜める部隊長は報告を聞いて眉をひそめた。

「形状からして『氷結の破城杭《はじょうこう》』だな。魔法術式の破壊が目的ならば、すぐにでも実行するはずだが……」

もしや破壊によって他の魔法術式が起動することを知っているのだろうか？　だとすれば、どうやってそれを知った？

そもそも二人の魔法レベルでは破城杭を一本作るのがやっとだろう。高位の魔法使いの手によるもので、彼らに魔法の維持だけ依頼したと考えるべきか。

部隊長は状況を伝え聞いただけで、概ね彼らの行動理由と目的を看破した。

「二人を暗殺する部隊は？」

「監視役の姿は見当たりませんでした」

もとより隠密行動している部隊だ。あちらから接触して来なければ把握は難しい。

「連中が動き出すのは我らよりも後だ。静観しているのかもな」

暗殺部隊は革命が開始され、術式が起動した混乱に乗じて王子と王女を暗殺する手筈《てはず》になっている。

証拠は残さず、暗殺が先にあったとの印象を民衆に与えないよう細心の注意を払った方法でだ。

（だがそれも魔法術式が起動してこそだ。このまま静観し続けるとも思えんが……）

部隊長は考えを巡らせたのち、告げる。

「いちおうこちらから二人を、王子たちのところへ向かわせろ。暗殺部隊が手を出さないようなら破壊を阻止する。目的が達成されたらこちらへ戻れ」

その場にいた二人が選ばれ、足音を消して駆け出した。

「さて、我が隊の目標はどうしている？」

「二階の一室におります。助手の男と、それから……ハルト・ゼンフィスも同じ部屋に」

厄介だな、と隊長はため息をつく。

「想定の範囲内ではあるが……ハルト・ゼンフィスの周囲には黒い戦士が現れる可能性がある。そちらに対応する部隊は到着しているか？」

「はい。正面玄関に近い場所に集めています」

「よし。作戦はＣプランを選択。例の黒い戦士が現れたらその部隊を使って目標から引き離す。目標の確保が最優先であることを忘れるな」

彼らの目標はあくまでルセイヤンネル一人だ。他は別部隊に任せ、自分たちは任務遂行に専念するのみ。

「はっ。ではみなに伝えます。ルシファイラの加護よあれ」

「うむ。ルシファイラの加護よあれ」

部下たちが散っていく。部隊長は高い木の上に飛び上がり、研究棟を睨《にら》みつけた。

しばらくののち、強化した聴覚が遠く爆発音を捉えた。

王宮のある方角だ。

「革命開始だ」

片手を挙げると、研究棟にいくつもの影が襲いかかった――。

☆

「もう帰っていいっすか？」

ハルト――のコピーであるハルトCはソファーでぐでぐでしながら尋ねた。

「いいよ。キミの攻撃型魔法具を置いていってくれるならね」

ソーサーとカップを持ってにししと笑うのはティアリエッタだ。彼女の背後ではポルコスが散乱した本やらを片付けている。

ハルトCはホルスターから魔法銃を抜いてひらひらさせた。

「こいつは預かりモンでしてね。おいそれと渡せないんっすよ。てか解析する気満々じゃないっすか」

「とーぜん。謎があればそれに迫ろうとするのが研究者だ。謎といえば君自身をあれこれ調べたいところだね。最近調子が悪そうじゃないか。というか初日に比べて授業では以降がさっぱりだと聞いているよ？」

「ほう？　さっぱりですと？」

「なぜ嬉《うれ》しそうなのかな？　まあ、それでも一年生ではAクラス相当の評価は確固たるものだ。次のクラス替えでは上に行けるだろうね……って、今度はどうして落胆しているんだい？」

「いろいろあるんっすよ、俺にもね」

はあ、と深いため息をついたそのときだ。

ガシャーンッ！

窓が破壊され、

「どわっ⁉」

ハルトCが光弾の直撃を受けて吹っ飛んだ。背後の長机やら椅子やらを薙《な》ぎ倒し、それらに埋もれてしまう。

「な、なんだなんだ⁉　キミたちは何者だ！」

黒いマント姿の男女が一人二人と窓を割って侵入してくる。

ティアリエッタを取り囲み、ポルコスにも二人が寄ってきて彼に手をかざす。魔法発動直前の状態だ。

「ティアリエッタ・ルセイヤンネル教授だな。我々と一緒に来てもらおう」

あとから悠然と入ってきた隊長らしき男が冷ややかに告げる。

「デートのお誘いかい？　ワタシを楽しませてくれるならどこへでも付き合おうじゃないか。だから先にデートプランを教えてくれると嬉しいのだけどね」

「時間が惜しい。行った先で話してやる」

「面白味のない男だねえ。まったく期待できないじゃないか。でもまあ、拒否してもどうせ無理やり連れて行かれるのだろうし、ポルコス君を危険には晒《さら》せないか」

「は、博士……」

「うん、心配はいらないよ。このパターンは従えば命を取られることはない。ただ——」

ティアリエッタは肩を竦《すく》めて言った。

「初手が最悪すぎたね。彼を怒らせたのは失敗だよ」

ドォン、と。

爆音に続けて隊長格の男が吹っ飛んだ。

崩れた長机や椅子を押しのけて少年が立ち上がる。

「痛くはないけどびっくりしたぞ。いきなり何すんだよ」

続けざま二発、三発と、手にした魔法銃が火を噴いた。

狙いを定めている風ではないのに、魔法の弾丸はまるで生きているかのように軌道を曲げて侵入者たちに襲いかかる。

以前はただまっすぐに魔弾を放つものだったが、今は改良が施されていた。狙いを定めれば、そこを自動追尾する機能が付与されているのだ。

「ポルコス君、走れ！」

「ひっ？　は、はい！」

ティアリエッタはポルコスの手を引いて廊下へ出る。

ハルトCは銃を乱射しながら後に続いた。

「いやすごいね。なかなかの威力と精度だ。しかも魔力を使っているようにはまるで見えない」

「弾数に制限はありますけどね。てか、なんで外へ逃げないんですか？」

「侵入者を探知する結界くらいは張ってある。どうやら建物の中に入ったのは彼らだけだ。となれば外は取り囲まれているに違いないよ」

「じゃあ、中で迎え撃つんですか？」

「あちらさんの数がわからない以上、危険だね。そこで秘密の脱出路を使ってこっそり外へ逃げ出す」

「なんでそんなもんを？」

「ロマンさ！」

どこぞの妹と気が合いそうだなとハルトCは思う。

「それよりキミ、やたら冷静だね。無傷なのにも驚いたけど、肝が据わり過ぎている」

「そういう性格なんっすよ」

「彼らに勝つ自信があるのかい？」

「いや、俺自身は弱いっすからね。ま、逃げられるならそっちのがいいです」

淡々と答える彼に違和感が拭えない。

（やはりどうにも奇妙だ。身体能力は初めて会った日に大きく劣る。それでいて防御力は『地鳴りの戦鎚《せんつい》』と同等かそれ以上。さっきの攻撃、ワタシやポルコス君なら死んでいるよ）

加えて魔法銃は一級品のくせに彼自身が魔力を与えている様子はない。

何もかもがアンバランスで不可解だ。

（防御力にしろ攻撃型魔法具にしろ、〝彼〟が授けていると考えるのが妥当だけど……）

しかしハルト自身は白仮面情報によると、ヴァイス・オウルだのキャメロットだのには所属していないらしいのだ。

（調べた限り例の白仮面はハルト君の妹、シャルロッテ・ゼンフィスで確定だ。だとすればなぜ、ハルト君がシヴァと直接関係ないように振る舞っているのか？）

むしろ二人の関係が最も強いから、それを悟られないようにしているのではないか？

（この騒動で何かしらつかめるかな？　というか、今なにが起こっているのさ？）

一階に駆け下り、キッチンの床に隠した秘密路に入る。

そのまま地下の通路を走って林の中に出た。

「建物内にも地下通路にもいくつか罠《わな》が仕掛けてある。すぐには追ってこれないだろうさ」

茂みを掻《か》き分け疾走する。

「でもこっからどこへ逃げるんです？」

「人の多いところかな。学生がケガでもすれば、実戦向きの教師連中が大挙してやってくるさ」

「えっ、学生を盾にするの？」

「背に腹は代えられない。ワタシは自分の命が一番大切なのさ」

「博士、貴女それでも教師ですか！」

「ポルコス君、今さらだね。ほらほら、早くしないと追いつかれるよ？」

楽しそうにビュンビュン先行する彼女に二人は必死で追いすがる。が、開けた場所に飛び出たところでティアリエッタが急停止した。

「博士、なんですかこれ……？」

「いやあ、ワタシに訊《き》かれても……」

「カオスだ」

そこには黒い体軀《たいく》の人型の異形がたくさんと、

「ハルトさん！」

「来てくれたのか！」

「マジ手ぇ貸してくれ頼む！」

それらと戦う三人の学生がいた――。

★

マジで革命まで五秒前？

怪しげな貴族の男と褐色メイドの企みを察知した俺は、なんやかやあって王都上空で対応に追われていた。

ここからの見晴らしはとてもよいのだが、堪能している余裕がない。残念。

無数の板状結界を王都中に飛ばし、眼前には受け側の板状結界を並べて監視している中で、学院内に不審な連中を見つける。

そこではライアスとマリアンヌお姉ちゃんが、いくつもの氷の杭《くい》に両手をかざしてなんかがんばっていた。

それを見つめる、いくつもの影。

こいつら以外にもティア教授の研究棟の周りに似たようなのがいるのだが、まあそっちはコピーの俺がいるしなんとかなるなる。たぶん。

とりまライアスたちがいるところは遠隔起動型魔法術式があるし、そっちにいる不審者たちの声を拾ってみようと思う。

「隊長、どうしますか？」

ローブ姿の一人が、別の誰かに尋ねた。

「どうもこうも、ここの魔法術式が破壊されれば、奴らの抹殺に支障が出る。やむを得ん。術式の起動前だが任務遂行を優先する」

ただし、と隊長は付け加える。

「適当に痛めつけて動きを封じる程度にしておけ。術式が起動したらアレの餌食にしてやるのだ」

こくりと、その場にいた全員がうなずいた。

ちなみに怪しい連中の数は十五。二人を狙うにしてはずいぶんと大人げない数だ。イリスを加えてもライアスたちじゃどうにもならんな。

さて俺はどうしよう？

今回はシャルたちが大いに楽しめるよう、俺は裏方に徹すると決めていた。

この場からシヴァモードで颯爽《さっそう》と彼らの前に現れ、ピンチを救うのは躊躇《ためら》われる。シヴァのおかげでなんとかなった、となれば喜びも半減しちゃうからね。

となればやはり――。

ゴンッ！

「がはっ⁉」

秘密裏に片づけるしかないね。

ソフトボール大の結界球を、隊長と呼ばれていた男の顎にぶつける。王都上空から板状結界を通じて送りこんだものだ。

ふふふ、こうすれば遠くからでも攻撃できるのだよ。

「な、なんだ……？」

くわんくわんとしているようだが、意識がまだあった。

殺しちゃうと情報が得られない。思いきりぶつけると顎を吹っ飛ばすかもしれないから、加減が難しいのよね。

ゴンッ！

もう一回。ちょっと強めに。

今度は意識を刈り取って、男はその場に倒れ伏した。

「隊長⁉　こ、攻撃だ！　全員散開――ごわっ⁉」

「うげっ！」

「どわっ⁉」

他の皆さんにも球状結界をぶちあてる。見えてないし、どこから飛んでくるかもわからないから狙いはまったく外れなかった。

不意打ちしようとしている奴らに限って、不意打ちに弱いものさ。俺も気をつけよう。にしても、やかましいな。

ライアスたちに気取られぬよう、周囲は防音結界を張っておいた。遠隔から張るのは無理だが、板状結界に腕を通して俺の一部があちらにあれば、こういう芸当もできる。

でもこれ、俺があっちに行ってるのと変わらんな。

気絶した奴からせっせと拘束用結界で捕縛する。裏方って大変。

などとやっていたら。

「姉貴！　誰か来るぞ！」

ライアスの叫びに、映像を引き寄せる。

二人、木々をすり抜け、ライアスとマリアンヌお姉ちゃんに接近していた。別動隊か？

イリスが二人を守るように躍り出る。

「君たちは維持に集中してくれ。ここはボクが――」

とはいえ、相手は手練れっぽいのが二人。

対するイリスは格闘戦こそ達人級を受講できるほどだが、本来は魔法レベルが低くて実技がさっぱりなのだ。

一人に肉薄して突進を抑えたものの、もう一人は脇目も振らずにライアスへ向かい。

ズバシュッ、と。

なんか風の刃を撃ち放った。

「くそっ！」

ライアス君、かざしていた手を風刃へ向けて防御態勢を取る。

が、すいーっと風刃は彼の横を通過していった。

「ちっ、脅かしやがって」

まあ、俺が発射と同時に結界をかすらせ、軌道を変えたんだけどね。

でもライアスが抜け、お姉ちゃんが独りで維持を任されてしまったわけで……。

パキパキパキ。

氷の杭にひびが入り、

「くっ……もう、ダメ……」

パキィン、と氷が砕けたのに弾かれ、尻もちをついた。

直後、遠くで爆音が響く。

それを合図にしてか知らんが、地面に浮かぶ魔法陣が光を帯びた。

輝きが増していくと、

「くそっ、出てきやがった！」

ライアスが苦々しく吐き出した先。

魔法陣から見るもおぞましい異形が何体も這《は》い出してきた。

体形は人に近い。二本ずつの手足に頭がひとつ。しかし体軀は黒ずみ、首は常人の三倍長い。耳や鼻は削ぎ落とされていた。

「ああ、エルダー・グールがあんなにも……」

以前、何かの話のついででフレイに聞いたことがある。

生ける屍《しかばね》、食人鬼とも呼ばれるグールの上位種がエルダー・グールだとか。

しかし実力は上位と下位で天と地ほどの差があるらしい。

動きが遅く、人ほどの腕力しかないグールと異なり、エルダー・グールはヘルハウンド以上の俊敏性と、魔法レベル20相当が自己強化したのと同等の身体能力を誇るのだ。

窪《くぼ》んだ眼窩《がんか》に光はなく、開いた口にはすべて牙状になった無数の歯が生えている。

ほんと気持ち悪いね！

「ライアス、ごめんなさい……」

「いや、僕のミスだ。チクショウ！」

わらわら集まってくるエルダー・グールに火球《ファイヤーボール》を放つライアス。

マリアンヌお姉ちゃんも水の渦を生み出して応戦する。

おっと危ないぞ。

エルダー・グールが真に恐ろしいのは――。

「ふん、奴らに喰《く》われて化け物に成り下がれ」

不審者の一人が言うように、彼らは人を襲い食らう一方で、嚙《か》みついて下位種を増やすこともできるのだ。

敵の凄惨な計画は多くのエルダー・グールを放ち、王都を屍の都に化すことだ。なんてひどい。

「そらっ！」

不審者の一人がマリアンヌお姉ちゃんの邪魔をしようと魔法を放った――が、俺の結界で謎時空に飛ばされる。

「な、なんだ？　魔法が消え――ぐわっ！」

「邪魔すんじゃねえよ」

その隙をついてのライアスの奇襲でそいつは吹っ飛ぶ。

でもってもう一人は、

「ぬっ⁉　体が――」

「せりゃ！」

俺が拘束用結界を構築して動けなくなった一瞬の間を逃さず、イリスが豪快な腹パン。

「ごぼぁっ！」

こちらも吹っ飛ぶ。

「今、どうして彼は動きを止めたんだ……？」

はいそこ、深く考えないで。

「くぅ……暗殺部隊は何をしているんだ。退くぞ！」

「よいのですか？」

「安心しろ。エルダー・グールは放たれた。魔法術式の破壊ができない以上、王子たちはいずれ数に押されて喰われる運命だ。計画は成功している」

なるほどねえ。直接殺すんじゃなく、エルダー・グールに噛みつかせてライアスたちを始末する腹積もりだったのか。それで陰謀論を封殺する、と。あくどい。

二人の不審者はその場を離脱。林の中へ入って見えなくなったところで、俺がお得意の不意打ちで拘束しておきました。

これで邪魔者はいなくなったのですが。

「くそっ！　倒しても後から後から出てきやがる。どうすんだよコレ⁉」

ホントどうしましょうね？

俺が召喚獣の制御権を奪って楽をさせてやりたいところだ。でも召喚魔法陣に俺の結界を打ちこんで耳元で命令しても、エルダー・グールはちっとも言うことを聞いてくれない。

ギガンやジョニーたちのときはできたんだけどなあ。なんでやろ？

「私たちだけでは術式の破壊はかないません」

「救援を求めるしかない」

うん、それでいいと思う。

んじゃ、通信魔法具に不慣れな三人に、俺もちょっと手を貸しちゃうか。

誰か対応できるのはいるかな？

☆

——革命開始のすこし前。

リザは王宮前広場の上空、その手前で急停止した。近場の建物の屋根に降り立ち、身を低くして広場を窺《うかが》う。

ふだんは往来が許されている住民の憩いの場が、兵士たちで完全に封鎖されていた。物々しい警戒態勢だ。

（魔法術式の上を人払いする手間が省けてむしろ好都合だけど……）

術式の直上に『氷結の破城杭』をセットするには目標に近寄る必要がある。しかし広場に立ち入れば兵士が殺到してくるだろう。

（シャルロッテ様とフレイの準備が整ったら――）

詠唱を終えるまでをこの場で行い、目標に接近次第、魔法を発動する。同時に、学院に設置した破城杭を打ちこむ。

それが最良と判断し、身を潜めた。

しばらくして通信が入る。

『こちらイモータル☆シャルちゃんです。リザ、フレイ、状況はどうですか？』

「こちらリザ。王宮前広場は――」

リザは現況と今思いついた作戦を伝えた。

『フレイだ。私も到着している。ただそこそこ人がいるな。墓参りに来た者たちの他にも、清掃業者か？　件《くだん》の魔法術式の近くだけでも二十人近くいる』

『わたくしもたった今、現場に到着しましたけど……人が多いですね。フレイは近くの人たちを避難させてください。わたくしはちょっとだけ乱暴な方法で皆さんに目標から離れてもらいます』

「わたしは準備を整えていればいい？」

『はい。リザはいつでも魔法が発動できるように――』

ドンッ！

話の途中で爆音が鳴った。

リザが目を向けた先、王宮から白煙が立ち昇っている。そして――。

「シャルロッテ様！　起動した！」

王宮前広場に、巨大な円形魔法陣が輝きを放った。

『こちらもです。どうやら術者さんが発動したようですね。リザ、フレイ、作戦を開始してください！』

起動はしたが完全に効果を発揮するまでは間がある。

だがこちらも、エルダー・グールが出現する前に『氷結の破城杭』をいくつも構築する時間があるかどうか。

リザは返事もそこそこに飛んだ。

王宮の異常で慌てふためく警備兵たちを尻目に、光を放つ魔法陣のすぐ側に降り立つと。

「這い出てきたところで、もろとも砕く！」

告げるや、いくつもの氷の杭が現れた。

都合十七。

出現した端から広場に撃ち下ろされた杭は魔法陣を穿《うが》つ。

地面が揺れた。

破砕音が空気を震わせる。

粉塵《ふんじん》がもうもうと魔法陣の光を隠した。

（あれ？　学院《あっち》のは発動したのかな？　手ごたえがなかったような……？）

思考に割りこんできたのは警備兵の男だ。

「お、おい貴様！　いま何をした？　王宮での爆発と何か関係が――」

「来ないで！」

叫んだリザを目掛け、塵煙から何かが飛び出してきた。

「グギョォッ！」

エルダー・グールが鋭い歯をギラつかせ、よだれをまき散らしながら襲ってきた。

（間に合わなかった。術式はなんとか破壊できたけど……）

リザがバックステップで突進を躱《かわ》すと、ガキンッと異形が口を閉じた。

「なんだよアレ⁉」

「魔物か？」

「見たことないぞ」

一般市民が知らないのも無理はない。平和な王都に住んでいれば、ただのグールですら伝え聞く程度。王宮警備の兵士であっても出会った者はいないだろう。

「おのれ！　貴様が召喚したのか？　全員かかれ！」

「ダメ！　近づかないで！　エルダー・グールに噛まれたらグールになる！」

その恐ろしい特性を知る者も少ない。

「スノー・ランス！」

リザの手に巨大な槍《やり》が具現する。円錐状《えんすいじょう》の長い槍だ。

近場にいた魔物の胸を貫いた。

「グギョォ！」

胸部が凍りつき、徐々に範囲を広げていく。しかし息の根は止められず、リザに噛みつこうと長い首を伸ばしてきた。

リザはあえて片手をその口に突っこむ。鋭い歯が皮膚に達する前に、冷気を爆発させて頭部を吹っ飛ばした。

ようやくエルダー・グールは沈黙する。

「ここはわたしがなんとかする。避難誘導をお願い」

巨槍を振るって風を起こすと、塵煙が消え去る。

（十……二十…………三十二。多いな）

魔法陣の機能は停止している。しかし生まれ出た魔物は消えていなかった。

通常の召喚魔法であれば術式が壊された時点で召喚獣は姿をとどめていられないのに。

（現代魔法じゃない。古代魔法に連なるもの？）

敵の正体は、ただの人間ではない。

(ともかく、今は……)

リザは地面に槍を突き立てた。魔力を流すと亀裂が生まれ、エルダー・グールたちの外側をぐるりと一周する。

「アイス・ウォール!」

亀裂から氷の壁が伸びていく。

やがてドーム状に魔物の群れを閉じこめた。一ヵ所、彼女の正面には一体が通れるほどの穴がある。

すべてを閉じてしまえば壁を壊そうとするだろう。

しかし穴があればそちらを目掛けて殺到する。

実際、そうなった。

「たあっ!」

飛び出してきた一体の頭部に槍の切っ先をお見舞いする。頭が砕かれ、その場に崩れ落ちる。ぴくりともしない。

(よし。頭を壊せば倒せる)

だが、くらりと視界が歪《ゆが》んだ。

(無詠唱で大魔法を連発しすぎた。この姿だと……でも——)

倒れるわけにはいかなかった。一体でも取りこぼせば、多くの住民がグールと化す。

魔族の彼女は、見ず知らずの人間が傷つこうがなんとも思わない。けれど、

（きっとシャルロッテ様は悲しむ。だから――）

飛び出してくる敵を一体一体丁寧に壊していく。

その鬼気迫る所業に、警備兵たちは近寄ることもできなかった――。

★

リザ、がんばってるなあ。

王都上空から監視用結界で覗《のぞ》き見する俺。

「でも氷の壁の強度がちょっと心許ない感じ？」

唯一の出口へ殺到しているものの、やはり詰まってあぶれた何体かが壁を破壊しようと噛みついたり殴りかかったり。

壁を結界で補強しておきました。

「ん？　リザ、もしかして疲れてる？」

彼女には珍しく、眉間にしわを作って辛そうな表情だ。

小柄なリザはそれでいて力持ちではあるけど、バカでかい槍を振るっていたらそりゃあね。

「あ、あれ？　軽くなった……？」

結界でちょっと浮かせる感じに軽くしておく。

ついでに連撃必須の状況を軽減すべく、間髪容れずに出てくるエルダー・グールを適当にすっころばせた。

ここはまあ、この程度の支援で十分だろう。

さすがリザ、有能である。

ただイリスたちの救助に回る余裕はないな。

じゃ、他はどうかな？

☆

――王都南地区にある大聖堂。

荘厳な建物の前は公園になっていて、広場の外周には屋台が軒を連ねている。仕事帰りの人も多い中、休日に近い人出でごった返していた。

突然広場のど真ん中に魔法陣が浮かび上がり、付近は騒然とする。

しかし平和に慣れすぎた王都の人たちは危機感が希薄なのか、不審に思いつつも我先にと逃げ出す者は皆無だった。

「みなさん、そこは危険です。すぐに逃げてください」

ファンシーな衣装の少女が上空でそう告げても、動く者はいない。催しか何かだと期待する者まで
でいる始末だ。

シャルロッテはステッキを振るう。

魔法陣の上にもくもくと暗雲が立ちこめた。

「おわっ⁉」

「なんだこれ？」

「雨⁉」

大粒の雨が降り注ぐ。下にいた人たちは濡《ぬ》れるのを嫌って魔法陣の外へ駆けだした。

シャルロッテは【水】属性を持たない。雨を降らせた魔法はステッキの効果によるものだ。兄ハルトが授けたステッキにはいくつか特殊な効果があるが、お遊びに使える程度のものだった。

彼女自身もいまだ発展途上で大魔法を操れるほどではない。

古《いにしえ》の召喚魔法術式を破壊するのは無理があった。

だがしかし、彼女にはとっておきの秘策がある。

（第一段階はクリアですね。では続きまして）

魔法陣から黒い影が這い出てきた。

エルダー・グールだ。シャルロッテが一人で彼らを止めるのは不可能。次々に現れる魔物が人を襲う前に――。

（あわわわわ、でもこれ、間に合うでしょうか？）

なんだかたくさん出てきていた。

（とにかく急ぎませんと。最悪の場合はわたくしが囮《おとり》になって――あれ？　エルダー・グールさんたちが出にくそうにしてますね）

上半身まで現れてから、四苦八苦している様子。

なんだかわからないがチャンスだ。

シャルロッテは四次元ポーチに手を突っこみ、つかんだものを放り投げた。

折りたたまれた小さな布。しかし広がるにつれて面積があり得ないほど大きくなり、暗雲を吹き飛ばして浮かんだときには魔法陣を覆うほどになっていた。

布の全面にわたり、こちらも巨大な円形魔法陣が描かれている。

「おいでませ！　キャメロットの騎士たちよ！」

大布の魔法陣が輝く。そこから何かが飛び出してきた。

ガシャンガシャンガシャンガシャンガシャン――。

着地したのは武装した骸骨兵が五十ほど。その中心で剣を掲げた一人が叫ぶ。

「我らキャメロットの近衛騎士団。召喚に応じまかりこしました！」

円卓騎士の一翼、ナイト・スケルトンの軍団を指揮するジョニーだ。

「敵エルダー・グールさんたちの排除と住民のみなさんの避難のサポートを」

「御意。デルタ、エコー隊は散って人々を近寄らせるな。残りは――突貫！」

「「「おおーっ‼」」」

雄叫びとともにカチカチと歯の鳴る音が響き渡る。

混乱していたエルダー・グールたちが襲いかかるより早く、骸骨兵たちが陣形を整えて武器を構え、突進した。

骸骨兵たちは噛みつかれるのも厭《いと》わず接近戦を敢行する。

噛まれてもグールにはならない。骨だから。

日ごろ訓練もしているので、いかに上位の魔物でも相手にならなかった。

しかしエルダー・グールは次から次へと現れる。

個々の戦闘力と連携では圧倒するナイト・スケルトンたちであったが、召喚術式を破壊する余裕はない。

が、シャルロッテの想定内である。

上空に浮かぶ大きな布からもう一体、巨大な影が落ちてきた。

ドシィン、と魔物を四体踏みつぶしたのは石の巨人ギガント・ゴーレムだ。

「ギガン、召喚魔法術式の破壊をお願いします」

「う、わかった」

足に噛みついてきたエルダー・グールを気にも留めない。彼も噛まれたところでグールにはならない。石だから。

ギガンは両の手を組んで振り上げた。こぶしが光を帯びる。

「アース・クエイク」

振り下ろすと同時、骸骨兵たちが飛び上がる。

ドォォンッ、と大地が揺れた。

建物が跳ねるような上下動とともに、魔法陣が地面ともども砕け散る。周囲の人たちも立っていられず尻もちをついた。

「破壊しても魔物は消えないですね。ふつうの召喚魔法陣とは違うのでしょうか？　ともあれ――」

シャルロッテは号令を下す。

「残りは六十ほど。ではみなさん、蹂躙《おかたづけ》の時間です！」

巨大ゴーレムと骸骨兵の精鋭たちが、咆哮《ほうこう》で応えた――。

★

シャルちゃん、本当にアレを使ってしまうのか。

いや状況的にやるとは思ってたけどさ。

「でもジョニーたちが来るの、間に合うかな？」

大風呂敷を広げたり、そこから呼び出したりするのにはちょっと時間がかかるのだ。

そこでせっせと魔法術式に透明結界をぶつけ、

「グギョッ？」

出てきそうになってるエルダー・グールさんたちをもぐら叩《たた》きみたいに押さえこむ。

そうこうするうちガシャンガシャンと骸骨兵たちが落ちてきた。

「敵エルダー・グールさんたちの排除と住民のみなさんの避難のサポートを」

「御意。デルタ、エコー隊は散って人々を近寄らせるな。残りは――突貫！」

「「「おおーっ!!」」」

ふだんは王都住民の憩いの場である大聖堂前の公園に、魔物が入り乱れている。カオス。

エルダー・グールも増える増える。

しかしさすがは毎日訓練を欠かさない骸骨兵たちだ。

ジョニーの指揮のもと、連携の取れた動きでエルダー・グールどもを退けていく。噛みつかれてもグールにはならない。骨だから？

ギガンの登場で魔法術式が破壊され、こちらも俺の支援はもう必要ないっぽい。

がんばれよ、シャル。

思う存分、暴れるがいい。

さて、もうこっちのサポートも必要なさそうだな。

どうしよう？　ジョニーたちの一部を学院に回そうか？

念のため、もう一ヵ所を見てみたら。

「うん、こいつに任せよう」

フレイが担当する王都西側共同墓地が、なんかすごいことになってた――。

☆

――西地区にある共同墓地。革命開始と同時刻。

「む？　始まったか」

墓標が立ち並ぶ中、大きな円形魔法陣が浮かび上がった。

墓参りに来た者や清掃業者は驚きつつも冷静に推移を見守っている。逃げ惑う様子は皆無だ。

「平和ボケした連中め。少し驚かせてやるか」

フレイは墓標に身を隠し、メイド服を脱ぎ去った。一瞬迷ったものの下着はそのままにして通路に出る。

魔力を高めた。彼女の身を炎が包む。下着が燃えた。炎の渦が大きくなり、やがて弾ける。

巨大な赤毛の狼《おおかみ》が、王都にその姿を現した。

『人間ども、死にたくなくばそこから離れろ！』

吠《ほ》え叫ぶと、魔法陣の近くにいた者たちが我先にと逃げ出した。

準備は完了。

あとは魔法陣を破壊するのみ。

黒い異形が次から次へと現れるのを眺めつつ、フレイは口を大きく開いた。異形をひと飲みできるほどの大口に、炎の玉が生まれる。

『まとめて消し飛ばしてやる。〝インフェルノ〟！』

炎の砲弾が撃ち放たれた。

狙いは違わず円形魔法陣のど真ん中。爆音が轟《とどろ》き、業火が異形ともども地面を焼き尽くす。爆風で墓標が吹き飛んだ。

(呆気《あっけ》ないな)

大きく抉《えぐ》れた地面はいまだぷすぷすと焦げている。異形も魔法陣も、跡形もなく消え去っていた。

(もう、やることがなくなってしまった……)

フレイは途方に暮れる。

できればもっと活躍して、ハルトに褒めてほしかった。

ここから近いのは王宮か。

リザが苦戦するはずもないし、次に近いのは南の大聖堂だがそちらもジョニーたちを召喚するなら問題にならないだろう。

どうしよう？　と悩んでいたら。

『あ、あれ？　これでいいのでしょうか？』

『姉貴早くしろよ！』

『わ、わかっています。でもこちらから使うのは初めてで……』

声はすれども眼前に現れた画面には何も表示されていなかった。

『おい』

『ぴゃ⁉　は、はい。こちらマリアンヌです。聞こえていますか？』

『ああ、聞こえている。映像は……まあいい。貴様らはシャルロッテが言っていた学生の協力者だな。何かあったのか？』

　回答は予想していたものでもあり、予想外の事態でもあった。

『魔法術式の破壊に失敗しました。突然何者かの襲撃に遭い、応戦で破城杭の維持ができなくなってしまって……申し訳ありません』

『それで？』

『魔法陣から黒い人型の魔物――エルダー・グールが複数現れました。今も増えています。襲撃者はいなくなりましたが、私たちは魔物への対応で手一杯で魔法術式を破壊できません』

『わかった。すぐに向かう。噛まれないよう注意して応戦しろ』

『承知しました。ですが急いでください。数が多くて、彼らが学内に移動すれば学生に被害が……』

『ならば必死で生き残れ。連中は目の前のエサに飛びつく習性がある。貴様らが生き残っていれば移動はすまい』

『わかり、ました』

　悲愴《ひそう》な決意が伝わってきた。

　フレイはメイド服をくわえると体毛の中に押しこむ。

（急がねばな）

　フレイは大地を蹴った――巨狼《きょろう》の姿のまま。

★

いや、君さ。

巨大狼が街中を疾走しちゃうと、王都の住民の皆さんが驚き慄《おのの》くってわからないかな？

マリアンヌお姉ちゃんたちにこの姿は見せられないと通信用結界では音声だけにしたのだが、こいつ狼形態で颯爽と登場する気満々じゃないか。

ええい、仕方がない。

買い物だのお仕事帰りだの。みなさんの目を誤魔化すために結界を飛ばしまくる。

それでも限界があるから、驚き慄く人が多数。

俺は途中で諦めた。

その代わりといってはなんですが。

王都の西側から東側までは距離がある。

イリスたちが化け物に噛みつかれないよう支援しつつ、巨大な板状結界をフレイの進行ルートにいくつか配置した。

一気に学院まで送ってもいいのだが、俺がやったと気づかれては興醒めだろう。

そこで細切れに、ちょっとずつ距離を短縮する感じでフレイを何度も転移させた。

『む？　景色がいきなり変わったように思えたが……まあいい。行くぞ！』

うん、お前はこれくらいなら気に留めないと信じていたよ。

というわけで、学院のほうに俺は注力しましょうか。

ちょうどコピーたちも合流したみたいだしね。

☆

――学院内の林の中。

「ハルトおいコラ！　なんとかしやがれ！」

ライアスは火球を異形の顔面にぶち当てて叫んだ。

「いやあ、なんとかと言われてもなあ」

いかんせん数が多い。

しかもライアスたちが倒した端から輝く魔法陣を這い出てくるのでまったく減らない。むしろ増えていた。

横にいたティアリエッタが声をかける。

「ハルト君って飛べるのかな？」

「いきなりなんです？　魔法レベル２の俺が飛べるわけないじゃないですか」

ハルトCを覆っている結界は防御のみならず、外骨格型パワードスーツの機能と飛翔《ひしょう》機能を備えている。ので、本当は飛べる。

「みんな抱えて飛んでくれない？」

「いやだから飛べませんて。飛べたとしても無茶ですよ」

自身を除けば計五人。それを抱えて飛べと？　そこまでの飛翔機能はないんじゃない？

「おおー。やればできるじゃないか」

飛べました。

ティアリエッタを背負い、男連中は脚に、イリスフィリアとマリアンヌはハルトCの腕にそれぞれしがみついていた。

「うんうん、きっとキミなら飛べると信じていたよ」

ティアリエッタは無理と主張するハルトCの言葉には耳を貸さず、みんなを集めてしまったのだ。おっかないエルダー・グールたちが殺到するので仕方なく飛び上がった次第。

左腕のイリスが尋ねる。

「でもこれはいいのだろうか？　エルダー・グールがここから離れたら被害が出てしまう」

答えたのはティアリエッタ。

「大丈夫だよ。連中は目の前の獲物に夢中だからね。でもあまり高く飛んでは諦めてしまう。ギリギリのラインを維持してほしい」

真下にはエルダー・グールがわらわら集まっていた。飛び上がって噛みつこうと歯をガチガチさせている。

「は、博士！　もうすこし上に！」

「奴らにも個体差があるんだよ。ほらこいつ！　跳躍力がすごい！　噛みつかれる⁉」

ポルコスとライアスは気が気ではなかった。

「もうすこしの辛抱ですよ。救援が向かっていますから」

マリアンヌが励ますも、事態は悪い方向へ突き進んでいた。

「まさか飛翔魔法まで使えるとはな。しかしそれでは何もできまい。大人しくルセイヤンネルを渡すなら見逃してやるぞ？」

さっき研究棟を襲ってきた不審な部隊の隊長が、林を越えて現れたのだ。

魔法銃で吹っ飛ばしたはずなのに、わりと元気そうだった。

彼も空を飛んでいる。他の仲間はエルダー・グールの視認範囲から外れているが、おそらく林の中で展開して取り囲んでいるのだろう。

両手のふさがっているハルトCは背に声をかけた。

「ティア教授。ホルスターから魔法銃を抜いて適当に撃ってください」

「これかな？　指を引っかけて押しこめばいいのか。でもワタシに扱えるのかな？」

「大丈夫ですよ。本当は俺にしか無理なんですけど、今は誰でも使えるようになったはずです」

妙な言い方をするな、と思いつつも何も言わず、ティアリエッタは引き金を引いた。

いちおう狙いは定めてみたが、空飛ぶ男から大きく外れた。

「ふん、どこを狙って――ぎゃぶっ⁉」

が、彼の横を通り過ぎた直後にぐりんと方向転換。男の後頭部を直撃する。落ちそうになった男はなんとか体勢を整えた。

「お、おのれ！」

「やっぱ効いてないや。ティア教授、どんどんやっちゃってください」

男は自己強化で防御力を高めている。何度やってもさほどダメージは与えられないだろうにと訝りながらも、ティアリエッタは続けて二回、引き金を引いた。

魔弾は軌道を変えて男に命中する。そのたびに弾き飛ばされるも、やはり大きな効果はないようだ。

「おのれ、ねちねちと。しかしそんな攻撃が通用するものか！」

男はハルトCのすぐ側まで落ちてきて、ぎろりと睨んだ。そこへ――。

ガブリ。

「なぁ――⁉」

下からエルダー・グールに噛みつかれた。

「まさか、初めからこれを狙ってぇ！　ぅ、ごあぁあぁぁあっ！」

引きずり下ろされた男は何体ものグールに噛みつかれ、そして――。

「う、ぉぉぉ……」

見るも無残にグール化した。

肌は灰色に変わり、体のあちこちから血を流しつつも徘徊《はいかい》する。マントも服もびりびりに破れていた。

「やるじゃないかハルト君」

「やったのはティア教授ですよ。にしても、噛まれるとああなるのか。絶対にごめんだな」

ライアスが堪らずつぶやく。

「あんなのが、王都を大量にうろついたら……」

その数倍、下手をすれば数十倍の住民がグールと化す。

一体の戦闘力は低くても元人間の姿を保っていたら攻撃は躊躇われる。エルダー・グールを処理しながらとなれば、兵士でも不意をつかれてやられるだろう。

「いったいどうすりゃいいんだよ……」

さらなるつぶやきの直後だった。


――退け！

全員の頭の中で声が響いた。

ハルトＣは高度を上げる。エルダー・グールたちが諦めて散らばろうとしたその間際。

巨大な影が林の木々を薙ぎ倒して突進してきた。

「あ、ぁぁ……キミは、まさか……」

イリスフィリアが震えた声を出す。言葉を継いだのはティアリエッタだ。

「フレイム・フェンリルか！　すごい、初めて見た！」

『気安いぞ、人間。我が力に慄くがいい』

フレイは地面を蹴って飛び上がる。大口を開けるや、

『インフェルノ！』

巨大な火球を魔法陣へ撃ち放った。

大地を揺るがすほどの爆発が巻き起こる。

中心部にいたエルダー・グールは肉片と化し、他の多くも吹き飛ばされた。魔法陣は光を失い、
地面には大きな穴が穿たれている。

「す、すごい……。たった一撃で術式を粉砕するなんて……」

マリアンヌ他、ライアスとポルコスが驚愕《きょうがく》に放心する。

『む、取りこぼしがあったか。暴れ足りぬからちょうどよいが、この姿では死角を狙われてしまうな』

落下中のフレイの体が光に包まれる。巨大な体が小さくなり、女性の姿に成り変わった。

「なんで裸⁉」

ライアスは顔を真っ赤にして目を逸らす。

フレイは手にしたメイド服を空中で器用に着ると、すたっと見事に着地を決めた。巨大な狼の姿に変じた影響か、ハルトの結界で隠していた耳と尻尾が露わになっている。

「むぅ、股がすーすーするな」

不機嫌そうな彼女に、エルダー・グールたちがじりじりと寄ってきた。

彼女は意にも介さず上空を見上げ、

「残りは私が処理しよう。貴様らはそこで眺めていろ」

爪を鉤状《かぎじょう》に伸ばした。

ハルトCの片腕が軽くなる。イリスフィリアが離れ、地面に降り立ったのだ。

「おい、そこの白い髪。眺めていろと言ったのが聞こえなかったのか？」

「そうもいかない。今のボクではキミと肩を並べるのは無理だけど、背中くらいは守らせてほしい」

「必要ない。が、今さら戻るのも無理だろう。邪魔だけはするなよ、小娘」

フレイは言いつつも、妙な感覚を覚えていた。

〈魔力の質が人とは違うな。リザが言っていた『イリス』とかいうハルト様の友人か。この喉に何か引っかかる感じはなんだ？　うぅ……尻尾がむずむずする！）

襲いかかってきたエルダー・グールの頭を斬り裂く。しかし不可解な苛立ちは晴れなかった。

「……いちおう戦場でともに戦うのだ、名乗っておこう。私は『フレイ』だ。しかし気安く呼ぶのは許さん。これは我が主からいただいた名誉ある名で――」

「フレイ……そうか、よい名だね。うん、キミにぴったりだ」

「おいコラ、気安く呼ぶなと――ええい邪魔だ！」

またも襲いかかってくる異形たちを、次々に爪で斬り裂いていく。

「えっと、その……ボクの名前は――」

「知っている。口よりもまず手を動かせ、イリス！」

「う、うん！」

「なぜそこで嬉しそうに笑う？　気持ちの悪い奴め」

妙な会話をしながらの一方的な虐殺をハルトCは上空で眺めながら、

（俺は行かんでもいいよね？）

思いつつも、空いた手でティアリエッタから魔法銃を受け取る。

（よし、弾は補充されてるな。あいつ、いつもちゃんと見てるってことか）

ならばと魔法銃を構え、エルダー・グールたちに魔弾をいくつも撃ち放った――。

☆

（バカな……。何が、起こっている？）

バル・アゴスは上空から王都を見下ろし、愕然とした。

計画は完璧、のはずだった。

召喚魔法術式もすべて起動し、王都は屍の都と化すはずだったのだ。

なのになぜ——。

「魔族どもが邪魔をする？」

フレイム・フェンリルはもちろん、王宮前で巨槍を振り回すメイド姿の小娘からは人ならざる気配を感じた。

極めつけは大聖堂。

ナイト・スケルトンの部隊に、ギガント・ゴーレムまでが暴れ回っていた。

「なんなんだ、あのふざけた格好の小娘はっ！」

ギリリとアゴスは奥歯を噛みしめる。

だがまだ、共同墓地を除いてエルダー・グールが全滅したわけではない。

（それに、計画の大目標は達成された）

王宮での爆発は確認している。

ジルク国王と貴族派の重鎮は今ごろ粉微塵だ。

これで国は荒れる。救いを求める多くの民草が、ルシファイラ教に縋《すが》るだろう。

ならば、とアゴスは眼下をにらむ。

「まずはあの小娘と、魔物連中を排除するか」

その後、術式を再構築して別の場所でもエルダー・グールを呼び出せばいい。そして混乱に乗じてライアスとマリアンヌを抹殺するのだ。

アゴスがほくそ笑んだ、そのとき。

ガゴッ！

後頭部に衝撃。脳が揺さぶられる。怖気を背に感じて反射的にその場を離れた。

「む？　さすがに硬いな。けっこう強めにしたんだけど足りなかったか」

いくつもが重なったような、不快な声が届く。

「き、さま――」

何者だ、と問うよりも先に。

「ぐがっ⁉　ぐはっ、ごほっ、べっ！」

見えない攻撃が続けざま、体の各所に激痛をもたらす。

ひとつひとつが重く強い。

彼とて油断していたわけではなかった。

黒い戦士の姿が見えない以上、この場に現れる可能性を考え、自身への防御は最高レベルにしていたのだ。

なのに、肉がつぶれ骨が砕ける。

急いで回復に魔力をつぎ込み、どうにか体は再生できているものの、反撃の糸口がつかめなかった。

続けられればそう遠くない未来、魔力が尽きる。

空中で跳ね踊る中、視界の端にソレを捉えた。やはり、

「黒い、戦士……シヴァかぁ！」


全身黒ずくめの怪しい男。つるりとしたヘルムが陽光を弾く。

「あの褐色メイドは取り逃がしたけど、お前は逃がさないぞ」

ずびしっと片手を前に突き出す男に怒りが収まらない。

攻撃がやみ、体は完全に回復した。魔力もまだ残っている。万全とは言い難いが戦える。

（褐色メイドだと？　まさかメルキュメーネスを……いや、不可能だ。アレは魔神より生まれし生粋の魔人。アレと対等に戦える者はおろか、撃退する力を持つ者など――ッ!?）

アゴスは目を疑った。

突き出した手と反対側。

シヴァが握っているのは、まさか！

「ん？　ああ、これか」

持ち上げ、見せつけるように扇ぐそれは、黒いコウモリのような翼だ。

「戦利品だ。ま、逃げられたら自慢にならんけどな」

あり得ない。

アゴスは震えが止まらなかった。

（メルキュメーネスは、今の私よりもはるかに強い……）

それだけではない。

彼女は生存に特化した魔人だ。

（それが『逃げた』、だと？　あのメルキュメーネスが、『生存』を最優先する事態に陥ったというのか！）

その特性から、アゴスのように不意打ちや騙《だま》し討ちができる相手ではない。真正面から対峙《たいじ》し、
それでいて彼女は逃げの一手を選択するしかなかったのだ。

引きちぎられた翼がその証左。

（勝てる、わけがない……）

そして自分では、逃げることすら不可能だとアゴスは悟る。

「あれ？　めっちゃ震えてない？　まあ、それなら俺は楽でいいけどさ」

あり得ない現実を突きつけられ、放心した魔人は、

「んじゃ、とっ捕まえさせていただきますか」

あっさりと見えない何かで四肢を拘束された——。

★

あー、肩凝った。

裏方に徹するのってけっこう疲れるのね。

ともあれ、大勢は決した。

共同墓地以外はまだエルダー・グールたちが残っているけど、もはや殲滅戦《せんめつせん》に移行したからどこも大丈夫っぽい。

王都の上空。

びゅーびゅー風が強いが心地よく、俺は肩の荷が下りるのを感じる。

「さて、あとはお前だけだな」

振り返って告げる。

「……」

そこには、わなわな震えて俺を睨みつける男が一人。

バル・アゴスとかいう貴族のイケメンだ。でもってこいつは魔法レベル他、実力が測れない。

真正面からは危険すぎる。

ので、文字通りこの辺りで高みの見物をしていたこいつを、俺は背後からこっそり近づいて襲いかかった。

ザ・不意打ちである。

特に結界とか張ってなかったので気づかれず、透明の球状結界で滅多打ちにしたわけだが、大したダメージもなさげなのになぜか戦意を喪失した彼。

実は弱い子ちゃんだったのね。

「なんか言ってよ。捕まえてからずっとだんまりだよね？」

黙秘権ってやつですか？　そんなのこの世界にあるか知らんけど。

俺はどうしようかなっと考えながら、手にしたモノで自分を扇ぐ。褐色メイドさんの背中から引きちぎったコウモリみたいな翼である。

「本当に、メルキューメーネスから奪ったのか……それを……」

おっ？　ようやくしゃべった。

「誰？　ああ、これの持ち主か。そうだよ。逃げられたけどな」

俺は扇ぐのを止める。

アゴスはギリと奥歯を噛んだ。

「魔神より生まれしメルキュメーネスを……。やはり貴様、〝魔人〟なのか」

なんじゃそりゃ？　初めて聞くワードですけど？

「どこの〝魔神〟から生まれし者だ？　それとも私のように人から魔人に進化したのか？」

いやだから、何言ってんの？　この人。

「ふっ、だんまりか。しかし我が主《しゅ》、魔神ルシファイラ復活の邪魔をする勢力などそうはいない。想像はつく」

ふむふむ。勝手にくっちゃべってくれた話をまとめると。

魔神とかいう神様的な何かがいて、こいつらはそれを復活させようとしている。で、魔人は魔神から生まれるか、人がそうなるかのどちらからしい。ようわからんな。

「く、くくくっ。だが残念だったな。貴様はうまく邪魔したと考えているのだろうが、革命はすでに成された。初手でジルク・オルテアス国王を殺害した時点でな。のちの騒ぎは余興のようなものだ。ゆえに貴様が何をしたところで――」

「ん？　国王は生きてるけど？」

「――え？」

「だから、国王は生きてるよ。お前らとギーゼロッテが密会してたのをがんばって盗み聞きしてたからな。王宮でなんか会談してるときに殺すつもりだったんだろ？」

なので俺は女魔人とのすったもんだのあと、王都を全監視しつつ、最初にその会談の場に向かった。

すると明らかに人ではない奴が紛れていた。

魔物とも魔族とも雰囲気が違っていたので、とりあえずそいつ以外の参加者にはこっそり防御用の結界を張っておいたのだ。

で、その何かは突然自爆した。

でも俺の結界で守られた人たちはみんな無傷余裕でした。今も王宮内の別室に移動してあたふたしていらっしゃる。

みなさんがお元気な姿を映像で見せると、

「バカな！　あのホムンクルスに施した爆裂魔法は私ができ得る最大威力のものだった。王家が持つ最高クラスの防御礼装でも破壊せしめる強力なものだぞ。それを、なぜ！」

そうなの？　逆にただの結界には無意味だったんじゃない？

「てかホムンクルスって何？　あの人か何かようわからん奴か？」

「精巧に人を模したアレを判別できるだと？　貴様いったい……」

そういや、前にホムンクルスの原型みたいなのを操る奴がいたな。自律型じゃなくハリボテだったけど。

たしかに雰囲気はよく似ていたな。でも自律型としては俺のコピーのが精巧だと思うよ？

「さて、お前にはいろいろ話してもらう。魔神だの魔人だの、復活とかその他もろもろ目的とかな」

アゴスがさあっと青くなる。

「い、言えば、見逃してくれるのか……？」

怯《おび》えながらもどこか期待に染まった瞳だ。

たいそうなことをやらかしておきながら面の皮が厚い奴だな。

「いいよ。俺も情報が欲しいだけだからな」

嘘《うそ》だけどね。ただすぐ殺すつもりはなかった。

なにせ得体のしれない連中だ。魔法レベルと属性がわからんのでは今後また似たようなのが現れたときに困る。

だからこいつの体をいじくり回し、強さを測定するための実験体になってもらわなくちゃいけないのだ。

アゴスはすこしだけ安堵《あんど》したような表情になる。うっすら笑みまで浮かべていた。

なんとなくだけど『隙をついて逃げ出してやるぜバーカバーカ』とか考えてそう。

ので、先手を打った。

「ひっ⁉　な、なんだこれは⁉　体が、私の体がバラバラに！」

両腕と両足を切断。胴体も腰から二つに分けた。もちろん首も刎《は》ね飛ばす。けれどそれらすべてはつ、なが、っ、た、ま、ま、だ。

ギーゼロッテの首にやったアレ。

俺はアゴスの髪をむんずとつかみ、残りのパーツは謎時空へ隠した。

「私の、体は、どこへ……?」

「安心しろ。ちゃんと生きてるだろ？　だから俺とは友好的に頼むぞ?」

「は、はひ……」

アゴスは歯をカチカチ鳴らして返事をした。二十歳くらい年取ったみたいに老けこんでしまったな。

「んじゃ、事後処理をちゃっちゃとやっちゃうかね」

シャルとかリザとかフレイとか面が割れちゃったからな。あいつとかあいつに釘《くぎ》を刺しておかないと。

俺はアゴスの頭を持って、王宮へと飛んでいくのだった——。

☆

国王ジルク・オルテアスは自室にこもっていた。

会談中に起こった謎の爆発。報告によれば市中で魔物の発生騒ぎもあったようだ。

二つの異常は何かしらの関係があると疑うべきだろう。

いったい誰が、なんのために？

疑問は尽きないが、しかし。

自分はこのとおり、無傷で生きている。

（ふん、大方ギーゼロッテが余と貴族派の重鎮たちの殺害を狙ってのことだろう）

だが彼女の目論見は失敗した。

気がかりだったマリアンヌの無事も確認している。

まだ王宮には戻っておらず、学院で事後処理を行っているのだとか。ライアスと行動を共にしているのは別の懸念を生むが、それも些事《さじ》だ。

（神はまだ、余を見捨ててはおらぬ）

どこぞの怪しげな神ではない。王国を守護する『ミージャ』の加護が、まだ自分にはあると確信した。

（今こそ、神が与えたもうた好機に違いない）

ジルクは自らを鼓舞するように叫ぶ。

「ギーゼロッテを亡き者にしてくれる！」

「あー、それはやめてくれ。まだ早い」

「っ⁉」

複数が重なったような奇妙な声に辺りを見回すと、部屋の真ん中にいつの間にか椅子が置かれ、何者かが座っていた。

全身黒一色。頭部まで黒いヘルムで隠されている。

「黒い戦士……シヴァなる者か」

「さすが王様。よく知ってるな」

「そなたが、なぜ……?」

「ここにいるのかって？　一連の騒ぎの首謀者を連れてきた」

椅子の下から引っ張り出したものを見て、ジルクは「ひっ」と声を上げた。

生首だ。いや、頭部だけだが生きている。恐怖に引きつり、カタカタと歯を鳴らしていた。

「そやつは、バル・アゴス男爵か?」

精悍《せいかん》な顔つきは見る影もないが、たしかに彼だった。

「あんたと貴族派の重鎮を殺して天下を取りたかったらしい。ギーゼロッテも加担してる」

「ならば！」

「だから待てってば。わざわざ教えにきてやったんだ。こっちの条件も飲んでくれよ」

「何を悠長なことを。余の暗殺を狙った不敬な輩であるぞ。国の象徴、国王である余をだ！」

「うるさいなあ。相変わらずあんた、自分のことしか考えてないんだな」

相変わらず?

この男とは初対面のはずだ。正体は自分が知る男だろうか？　しかし噂《うわさ》どおりの実力ならば、該当する人物が思い当たらなかった。

「……褒美ならば取らせよう。しかし国王たる余に具申する無礼をまずは謝罪せよ」

くつくつとシヴァは笑う。

「ほんと変わんないなあ、あんた。ま、王様だから仕方ないか。けど勘違いするな。あんたは俺に生かされてるんだ。邪魔だと判断したらその首を切り落とす」

「貴様――っ」

「条件は二つ。ギーゼロッテを罪に問うな。アレが死ねば国が荒れる。あんたじゃ収拾つかなくなるだろ？」

ジルクはギリと奥歯を噛む。

たしかに王妃の存在は大きい。いなくなれば、貴族派は増長して国を乗っ取りにかかるかもしれない。

しかしその存在が大きいがゆえに、ギーゼロッテは最大の脅威でもあるのだ。

「んな怖い顔するなよ。あの女へは俺からもよく言っておくからさ」

なんたる不敬な物言い。それ以上に、閃光姫《せんこうき》すら下に見るシヴァに恐怖が募った。

「もうひとつは、街中で魔物と戦った連中に関わるな。どこの誰かを探るのもナシだ。知っても何もするな」

「報告では、巨大な狼が街を疾走していたらしいが？」

「おいおい、さっそく俺から探ろうとすんなよ」

シヴァは立ち上がると、無遠慮にジルクへ近寄った。

「だ、誰か！　誰かおらぬか！　侵入者だ！　ひぃ⁉」

「無駄だよ。部屋の外まで声は届かない」

左肩に鋭い痛み。

「腕が、余の腕がぁ！」

ぼとりと左腕が落ちる。しかし血は噴き出さなかった。

シヴァは落ちた腕を拾うと、王の肩に押しつける。

「へぁ⁉　あ、あれ……？」

次の瞬間には離れたはずの腕が元通りにくっついていた。痛みもない。

「俺はいつでも現れる。あんたが約束を破ったらな。次は――」

シヴァは自身の首に指を当て、すぅっと横に撫《な》でた。

先の言葉のとおり、首を刎ね飛ばすとの意味だ。

「ああ、そうそう。息子には優しくしてやれよ？　嫌いな女の血を引いててもさ」

そう言って、シヴァは暗がりに溶けていった――。

ギーゼロッテは離宮の自室へと早足で向かう。

革命は失敗した。

国王も貴族派の重鎮も生きており、王都に放たれた魔物はことごとく何者かに駆逐されたのだ。

(来る……あの男が、きっとわたくしのところへ、来る……)

予感はほどなくして的中する。

部屋に入り、ランプに明かりを灯した瞬間、黒い影がソファーでふんぞり返っていたのだ。バル・アゴスの首を小脇に抱えて。

「よう。久しぶりだな」

五年ぶりに聞く声に、体の震えが止まらない。ギーゼロッテは思わず首輪に手をやった。

「そうビビんなよ。やらかした自覚があるなら、そっちは不問にしていい。ていうか前にも言ったろ? お前が王の座を狙おうがどうでもいいってさ」

「……では、何をしにきたというの?」

「街中で魔物と戦った連中のことを探るな」

「もとより興味なんてないわ」

「嘘つけ。お前、ライアスを使って俺のことを調べようとしてただろ」

「どうしてそれを!」

「ライアスがしゃべったんじゃないぞ？　俺はお前をずっと見てるって言っただろ？」

果たしてそうだろうか？

しかしこの件でライアスを追及しても、それをシヴァは察知する。そしてそのときこそ、この身は終わり。

「それからティアリ……なんだっけ？　あの人、名前が長いんだよな。えーと、学院で古代魔法を研究している教授だ。そいつは諦めろ」

バル・アゴスが捕らえられた時点でこちらの企みは筒抜けだ。釘を刺されては、以降何もできはしない。

「……わかったわ」

だったら、とギーゼロッテはプライドをかなぐり捨てて懇願する。

「もういいでしょう？　首輪《これ》をどうにかしてよ！」

「なんで？　躾《しつけ》のなってない犬には首輪を嵌《は》めとくもんだろ？」

「く、ぅぅ……」

「お前さ、自分がやらかしたことを振り返ってみろよ。クズだぞ？　俺が言うのもなんだけどさ」

シヴァは呆《あき》れたように言って立ち上がる。

「用件はそれだけだ。じゃあな」

以前と同じ。シヴァは実にあっさりと姿を消した——。

★

夜になった。

今日はなんやかんや忙しかったけど、すべていい感じで収まった、と思う。

なにより――。

「かんぱーい♪」

湖畔にある屋外の円卓。

料理はまだ運ばれていないが、我が妹シャルロッテちゃんの音頭でみんなが『乾杯』と声をそろえた。

フレイにリザ、ジョニーがいる。骸骨兵たちは円卓の外側に腰を下ろし、ギガンも体育座りでぼんやりこちらを眺めていた。

ちなみにライアスとマリアンヌお姉ちゃんは王族として事後処理に当たっているそうな。イリスともどもシャルはここに誘いたかったらしいが、リザたちの反対で呼んでいない。

『白仮面で正体を隠せば――』

『『ぜったいバレる!』』

なんてやり取りがあったとか。

「今日は本当にお疲れさまでした。皆さまのおかげで、王都の平和は守られたのです！」

シャルちゃんはすこし疲れをにじませながらも、満面の笑みでみなを労う。

守りたい、この笑顔。本当に嬉しそうで俺も幸せな気分になる。

「ハルト様！　私の活躍は見ていただけたでしょうか？　このフレイ、四つある魔法術式のうち二つを――半数を粉砕しました！」

すすっと寄ってきたフレイが大興奮で自身の手柄を自慢する。てかお前、耳と尻尾が見えてるじゃん。結界どうしたのさ？

「うん、よくやったな」

とりま頭を撫でてやる。

「はわわぁ……」

蕩《とろ》けたような表情になり、尻尾をぶおんぶおん振り回すフレイ。

心ここにあらずになったっぽいフレイから離れ、ちびちびジュースを飲んでいたリザの隣へ。

「リザは大丈夫か？　かなり疲れてたみたいだけど」

「人の姿でたくさん魔法を使ったから、ちょっと疲れた。でも、平気」

お疲れさん、とリザの頭も撫でてやると、くすぐったそうに笑った。

「ギガンやジョニーたちもよくやってくれたな。おかげで俺も自由に動けた」

何もしていなかったと言うのも情けないので、いちおう重要参考人を捕らえたと伝えておいた。

バラバラにして謎時空に隠しているのは内緒だけどね。

「やはり兄上さまは、わたくしたちの知らぬところで巨悪と対峙なされていたのですね。今回の王都騒乱事件――『無血の第四曜日《ブラッドレス・フィーア》』の首謀者にも、目星がついているのですか?」

ブラッド……何?

「いやまあ、なんか〝魔神〟の復活を目論む連中がいるっぽい、かな?」

「魔神⁉」

あ、めっちゃ目が輝いてる。

「それがなんなのかはよくわかりませんけど、名前からして堕ちた神的な何か。今回の一件もその復活を目論む策のひとつにすぎないのでしょう」

むん、と気合を入れたシャルもまた可愛い。

「悪の巨大組織は、まだ諦めていないはず。わたくしたちも気を引き締めてまいりましょう!」

おーっ、と（主に骸骨兵たちの）雄叫びが上がる。やかましい。

悪の巨大組織はどうか知らんが、〝魔人〟とかいう妙なのは暗躍してるのよね。

一人逃がしちゃったし。

というわけで、メルキュなんとかいう逃げた褐色メイド魔人対策として、王都をすっぽり覆う結界を構築しておいた。

奴がそこに触れると荒野に転移させる効果を付与している。で、転移先には拘束用結界を置いて

おき、人知れずそいつを捕縛するという代物だ。

名付けて『魔人ほいほい』。

他にも辺境伯領とかシャル本人とかを守る対策をいくつも施した。

むろん、受け身だけで良しとする俺ではない。

とっ捕まえた魔人バル・アゴスからお仲間の情報はこれから得るつもりだ。そして、こちらから打って出る。お得意の不意打ちってやつよ。

プランは未定ながら安心したところでお腹がぐぅと鳴いた。

ちょうどよく、いい匂いが風に運ばれてくる。ガラゴロとワゴンが走る音もした。

料理が到着したらしい。

あれ？　でも誰が運んできたの？　とそちらに目を向ければ、おや？　お城のメイドさんたちですね。しかもその先頭を切るのは、

「ごめんなさい、お待たせしたかしら？」

「ホワイどうして母さんが⁉」

我が義母ナタリア・ゼンフィスその人だった。

フレイがコップを片手に俺の横へ。

「私やリザが運ぶと言ったのですが、自らも料理を作るので運ぶのは任せろと」

仮にも辺境伯夫人にやらせることか、とかそういうのが言いたいのではなく。

母さんもメイドさんたちも骸骨兵やらを恐れることなく、てきぱきと円卓に料理を並べている。

シャルやフレイたちはそれを手伝いつつ和気あいあい。

俺だけ感じる異常事態の理由を知るべく、忍び足でシャルに近寄った。

「なんで母さんがここを知ってるのかな?」

「以前、わたくしを探しに『どこまでもドア』を通ってこの場にいらっしゃったのです」

その際、『黒い戦士プロデュースで魔族や魔物が楽しく暮らせる場所を作っている』と伝えたらしい。

俺にまったくその気はない。とツッコむ間もなく、すでに父さんの許可まで取っているとも告げられた。

と、シャルロッテが背伸びしてこしょこしょ耳打ちする。

「大丈夫です。兄上さまがシヴァだとはバレていないですから」

「あら、内緒話かしら。お母さんには話してくれないの?」

「はわわっ、えとえと、お料理が美味しそうです、と話していました!」

くすくすと笑う母さん。ホントにバレてない?

まあ、べつに隠すほどでもないっちゃないんだよな。タイミング的には今なんだけど……。

「気長に待つから、気にしないで」

逆に言いづらくなってしまったな。

ともあれ。

なんかいろいろあったが、これで早期退学ミッションに集中できる。

がんばるぞー、と近くにあった肉をつまんでぱくり。

うん、美味しい。

☆

メルキュメーネスは王都郊外にある洞窟の奥深くで、胎児のように丸まっていた。我が身を抱き、震えをどうにか抑えようとするも止まってはくれない。

（アレは、なんだ……？）

恐怖が全身を覆い尽くす。

（アレは、なんなのだ……？）

革命開始前、王都を離れ、北を目指して飛行していたときを思い出す。

突然現れた、全身黒ずくめの男。

ひと目見て、自身の『生存特化』の機能が激しく警笛を鳴らした。

だから逃げた。

全力で逃げた。

それだけしか考えられなかったのだ。

生きた心地はしなかった。

追跡を警戒し、森の中を蛇行して山を迂回《うかい》し、人里に身を隠してから洞窟を見つけて飛びこんだ。

何時間経ったろうか？

どれだけ過ごしても気が休まらない。

（革命は……アゴスはどうなったのだ……？）

彼は国王と貴族派の重鎮の暗殺が大目標であると、信じて疑っていなかった。

革命によって多くの血が流れ、怨念と魂の数々が魔神復活のエネルギーになるとは知らせていなかったのだ。

人から変じた魔人など、ただの駒に過ぎない。駒から情報が洩《も》れて、真なる計画が明るみになるのを避ける必要があった。

最悪でも国王と貴族派の重鎮が死ねば、国は荒れて多くの血が流れる事態に陥るだろう。仮にアゴスが失敗しても、次なる魔人を作って別の策を講じればよいのだ。

「く、くははは……」

別の策、だと？

逃げる最中、王都と自身をつなぐ伝送魔法術式が消滅した。

ただ伝送するだけがその機能ではない。魔神をこの身に降ろす中核となる魔法術式だ。

それが、破壊された――だけでなく、アレを見てしまった瞬間、体の内にヒビが入ったのを彼女は感じていた。

(あんな存在《モノ》が、この世にいる……)

ぴしり。

(何をどうすれば、よいというのだ……)

パキンッ!

彼女の体内で、もっとも重要な個所が弾けて砕けた。

もう、自分はダメだ。

壊れてしまった。

魔神の依り代たる機能が、粉々になった。

これではもう、魔神ルシファイラの復活は為し得ない。

黒い戦士、シヴァ。

魔人かそれに近しい者と高を括っていたのが間違いだ。

アレは、あの魔力は、そう。

人も魔族も魔人をも凌《りょう》駕《が》し得る存在。彼女が知る限りもっとも近いのは――

——神だ。

あとがき

こんにちわ。澄守彩です。またの名を『すみもりさい』です。
おかげさまで三巻の発売に至りました。
ひとえに読者の皆さまの応援の賜物。ありがとうございます！

さて、すでにお読みいただいた方はご存じでしょうが、小説版は今回もＷｅｂ版から加筆しております。
あとがきから覗いた方に向けて説明いたしますと。

王都がピンチでシャルちゃん歓喜！

その前に、異世界引きこもり生活を熱望するハルト君がいよいよ学校の授業に挑みます。落ちこぼれになって退学しちゃうぞ的な思惑とは裏腹に、本人も気づいていない〝桁違い〟な魔力で周りの度肝を抜く展開。

詳細は省きますが、その裏でうごめく陰謀がどうたらこうたらしまして、王都が大ピンチに陥ります。

そこでシャルロッテちゃん率いる『円卓』の騎士と、元魔王&王女王子姉弟も最前線で大活躍。

魔法少女シャルちゃんがものすごく輝いていますよ！

そんなシャルちゃんを楽しませるべく、Ｗｅｂ版では主人公なのにひっそり裏方仕事をしていたハルトが何をしていたのか、彼視点で描いております。あー、がんばってたのね、と生暖かい目で見ていただければ。


また、一巻や二巻と同様に、章の合間にはおまけエピソードを追加しています。

シャルロッテちゃんの昔話とか、円卓の動向とか、円卓活動をお母さんに見つかっちゃうとか、イリスのアルバイト生活とか。

Ｗｅｂ版を読んだ方にも、今回も楽しんでいただけるはず！（でしたか？）


ニコニコ静画『水曜日のシリウス』にて連載中のコミカライズ版も絶好調。

更新すれば日間総合一位を連発し、コミックス一巻の重版に加え、二巻も好評発売中でございます。

ニコニコ静画では、引きこもり志望のハルト君が王都の学校に通うことになってしまった辺りに差し掛かっています。

リザとかイリスとか、新キャラもどんどん出てきますよー。

そして相変わらずシャルちゃん可愛い。フレイも相変わらずでございます（何がとは言わない）。

小説ともども、コミック版もぜひぜひお楽しみくださいませ。

最後に謝辞をば。

イラストおよびコミック作画担当の高橋愛《たかはしあい》さん。今回も新キャラが素敵です。動きの多いイラストで主要キャラを生き生き描いてくださってありがとうございます。マンガ、いつも楽しく拝読させてもらっています。リザ可愛いよリザ。

Kラノベブックス編集部の皆さま、担当の栗田さん。一番の盛り上げどころでいい感じのご指摘、ありがとうございました。見返してもかなりよい出来になりましたね。今後ともよろしくどうぞ！

最後になりましたが、読者の皆さまへ心からの感謝を。コミックともども、皆さまの応援があってここまで続いています。感謝感激！
Ｗｅｂ版をご覧の方もそうでない方も、お楽しみいただけましたら幸いです。

澄守　彩

漫画 高橋 愛

Kラノベブックス

実《じつ》は俺《おれ》、最強《さいきょう》でした？ 3

澄守《すみもり》 彩《さい》

2020年5月29日第1刷発行

発行者	森田浩章
発行所	株式会社 講談社 〒112-8001　東京都文京区音羽2-12-21
電　話	出版　(03)5395-3715 販売　(03)5395-3608 業務　(03)5395-3603
デザイン	AFTERGLOW
本文データ制作	講談社デジタル製作
印刷所	豊国印刷株式会社
製本所	株式会社フォーネット社

ISBN978-4-06-519786-8　N.D.C.913　271p　18cm
定価はカバーに表示してあります

ファンレター、
作品のご感想を
お待ちしています。

あて先
〒112-8001　東京都文京区音羽2-12-21
(株) 講談社　ラノベ文庫編集部 気付
「澄守 彩先生」係
「高橋 愛先生」係

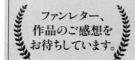

Kラノベブックス
毎月2日ごろ発売
裏切られた勇者は、心優しき魔族のために立ち上がる！
小説家になろう年間1位獲得（ハイファンタジージャンル）の話題作！
最強勇者はお払い箱→まものの森で無双ライフ1～3
著 澄守 彩 ill. jimmy
至高の恩恵を授かり、勇者となった男ガリウス。彼は魔王を倒し、人の世に平穏をもたらした最大の貢献者——のはずだった。しかし彼は手柄を王子に横取りされ、お払い箱となる。
すっかり人間不信に陥ったガリウスは、ひょんなことからワーキャットを助け、敵対していたはずの“魔族”たちの楽園『最果ての森』を目指すことになった。“人”の業を背負う最強の勇者はしかし、心優しき“魔族”たちに受け入れられ——彼らのために、自身の居場所のために、次々に襲い来る敵を殲滅する！
これは“人”ならざる者たちの、“人”に抗う物語。
やがて“魔王”となる男の、悪しき人々を蹂躙する伝説が始まる——。
Kラノベブックス公式サイト http://lanove.kodansha.co.jp/k_lanovebooks/